엄마에게 안부를 묻는 밤

언제나 내 편인 이 세상 단 한 사람

엄마에게 안부를 묻는 밤

박애희 지음

북파머스

어떻게 지내고 계신가요?

지금 이 책을 펼친 분이라면 누군가를 그리워하는 분이지 않을까 싶어 먼저 안부를 묻습니다.

언젠가 저도 이런 제목의 책들 앞에서 걸음을 멈추곤 했거든요. 그때 저는 세상에서 궁금한 게 오직 하나였습니다. 도대체 다들 어떻게 견디는 걸까. 많은 이가 소중한 존재를 멀리 떠나보냈을 텐데, 다들 어떻게 살아가는 걸까.

그것이 못내 궁금해서, 그 답을 혹시라도 찾을까 싶어, 나보다 먼저 아픔을 겪은 사람들의 이야기를 찾고 또 찾던 시간이 있었습니다.

그래서 그 답을 찾았냐고요?

아니요. 읽고 또 읽다가 저는 쓰기 시작했습니다. 스스로 찾고 싶었던 것 같아요. 작가는 결국 자신이 알고 싶고, 읽고 싶고, 필요한 것을 쓰는 사람이란 이야기를 들은 적이 있는데, 저도 그랬던 것 같아요. 내가 겪은 상실이 나만의 불행은 아니라고 말해주는 책을, 잃은 것들을 돌아보며 생의 의미를 찾는 책을, 그래서 다시 또 살고 싶어지는 책을 쓰고 싶었습니다.

책을 다 쓰고 나서야, 모든 글이 실은 누군가를 향한 편지였다는 걸 알았습니다. 『엄마에게 안부를 묻는 밤』은 5년 전 그렇게 세상에 나왔어요.

책을 낸 뒤로, 편지에 답장을 받는 것처럼 독자분들의 눈물과 위로와 감사가 담긴 마음을 넘치도록 받았습니다. 그 말씀들이 제게는 하나하나 귀해서 언젠가 다시 인사드릴 수 있으면 좋겠다는 마음이었는데요. 여섯 편의 새 이야기와 함께 책이 고운 새 옷으로 갈아입고 찾아뵙게 되어 무척 기쁘게 생각합니다.

제 글을 오래 아껴주시고 소중한 제안을 주신 '책읽어주는남자' 출판그룹, 가슴 뭉클한 추천사를 써주신 이금희 선배님, 이 책을 처음 만나는 독자분들께도 마음을 전합니다.

책에 들어갈 새 글을 쓰고 이전 원고들을 다시 읽으며 바랜 문장들을 만지는 동안, 가을이 오느라 바람의 기운이 달라져 한 번씩 마음이 그윽해질 때가 있었어요.

그럴 때면 아늑한 멜로디의 오르골 연주를 찾아 들으며, 멀리 프랑스에 사는 아흔 살 화가 할아버지 미셸 들라크루아 생각을 했습니다. 아주 오래전 파리의 소박하고 따스한 풍경을 오밀조밀 담은 그의 그림을 무척 좋아합니다. 그림을 보면 꼭 사라진 시간이 되살아나는 것만 같아 위안이 되거든요.

그가 아흔 살 인생을 돌아보며 한 얘기도 잘 기억하고 있어요.

저는 긴 삶의 끝에 다다르고 있습니다.
저의 소박한 그림들은 이야기를 담고 있습니다.
저도 다른 사람들처럼 큰 만족, 몇몇 기쁨
그리고 많은 잊을 수 없는 슬픔,
때론 짊어지기에 무거운 슬픔을 겪었습니다.
그러나 그림만큼은 언제나 저를 놓지 않았어요.

지난 겨울 전시회에서 본 그의 이야기를 적어두고 자주 꺼내 보는 건 이 말 때문이에요.

"많은 잊을 수 없는 슬픔"과 "몇몇 기쁨".

인생을 오래 살아온 그가 분명히 '많은 기쁨'과 '몇몇 슬픔'이라고 말하지 않았다는 걸, 살아가는 내내 잊지 않고 싶었습니다.

원고를 쓰면서 그 말들이 계속 머릿속에 맴돌았는데, 이 글을 쓰는 지금 그것이 어떤 마음 때문이었다는 걸 깨닫습니다. 미셸 할아버지의 그림을 보며 제가 느꼈던 것처럼, 저의 책도 마냥 슬픈 이야기가 아닌 생의 많은 슬픔 사이사이에 숨어 있는 몇몇 기쁨을 발견하는 이야기로 읽혔으면 하는 마음, 잃어버린 소중한 세계를 여는 작은 창문이 되었으면 하는 마음이었다는 것을요.

거기에 한 가지 당부를 덧붙이며 글을 마칠까 해요.

아프지 마세요. 어디에 계시든.

2024년 가을, 박애희

세상의 모든 엄마에게 바치는 헌사

혹시 그런 사람이 있으신가요?

문득 목소리가 듣고 싶어지는 사람.

터벅터벅 힘 빠진 걸음으로 집에 들어서면

"고생했어" 하며 따뜻하게 맞아주는 사람.

힘들 때 아무 설명 없이 "외.롭.다" 이 세 글자를

문자 메시지로 보내면 3초 안에 연락이 오는 사람.

이 중에 한 사람만 있다고 해도

살아갈 만하다고 말할 수 있지 않을까요?

_ KBS 클래식 FM 〈세상의 모든 음악〉

라디오 작가 시절, 내가 쓴 오프닝이 방송으로 나간 뒤 한 통의 문자를 받았다.

"딸, 외로워?"

엄마에게 나의 오프닝은 언제나 '딸의 안부'였다. 엄마는 매일 같은 시각, 시그널이 울릴 때마다 라디오에 바짝 다가가 귀를 기울였다. 오프닝이 끝나고 첫 곡이 흐를 때면 엄마는 답장하듯 문자를 보내주곤 했다.

방송 일을 시작한 지 13년째 되던 해 봄, 엄마는 더 이상 나의 오프닝을 듣지 못했다. 그해 겨울, 엄마는 세상을 떠났다.

잠이 오지 않는 숱한 밤마다 어둠 속에서 엄마의 안부를 물었다. 그리고 우리가 함께한 모든 날을 떠올렸다. 나를 향해 행복한 웃음을 짓는 엄마를 보며 나 자신을 더욱 사랑하게 됐던 순간들. 항상 내 편인 엄마를 생각하며 힘들어도 다시 길을 걷던 날들. 딸이 걱정할까 봐 아픔을 감추던 엄마의 진심을 알고 짠하던 날, 내 모든 일에 나보다 더 아파하고 기뻐하는 엄마를 보며 더 나은 사람이 되기를 꿈꾸던 시간들.

그 모든 순간이 여전히 내 안에 살아 있음을 깨달은 어느 날,

나는 다짐했다.

다시 꼭 행복해지겠다고.

이 책에 그 이야기를 담았다.

엄마에 관한 이야기를 쓰는 일은 용기가 많이 필요했다. 무엇보다 슬픔을 정면으로 마주 보는 일이 두려웠다.

그런데도 계속 쓸 수 있던 건, 내 이야기가 당신의 이야기와 다르지 않을 거라는 믿음 때문이었다.

상실을 겪은 사람으로서 먼저 손을 내밀고 싶었다. 당신도 그랬느냐고, 나도 그랬다고, 각자에게 주어진 슬픔의 무게를 감당하며 오늘을 사는 누군가의 손을 잡고 말하고 싶었다.

세상 어딘가 나 같은 사람이 있을 거란 믿음으로 나와 엄마의 이야기를 시작했지만, 실은 위로받은 건 나였는지 모른다.

글을 쓰는 동안, 이따금 아팠지만, 자주 행복했으니까.

그러는 사이, 나 자신도 모르게 조금씩 나아졌으니까.

이제 나는 감히 바란다.

내 작은 글들이 당신에게 다정한 위로와 희망으로 다가갈 수 있기를.

어떻게든 견디고 살아내 우리를 키워낸 세상 모든 엄마에 대한 소박한 헌사가 될 수 있기를.

차례

4장 조금 더 의연하게 살아가기 위하여

1장

언제나 내 편인
이 세상 단 한 사람

당신도 알고 있었나요?

버스 안에는 사람이 별로 없었다. 나는 버스 오른편의 가운데에 자리를 잡았다. 버스는 일정한 속도로 들썩이며 어두운 거리를 달리고 있었다. 버스가 덜컹거릴 때마다 애써 누르고 있던 피곤이 한 주먹씩 밀려 나왔다. 고단했다. 그리고 막막했다.

하고 싶은 일을 하고 살아야 한다고, 나는 글을 쓸 거라고, 부푼 마음으로 방송 아카데미에 등록을 하고, 작가 공부를 하고, 어렵게 방송국 문을 두드렸다. 부푼 마음은 일을 시작한 지 몇 달 되지도 않아 금세 찌그러졌다. 방송국엔 잘난 사람들이 너무 많았다. 묵묵하게 제 할 일을 하는 것만으로는 미래를 보장할 수 없었다. 내가 무엇을 알고 있는지, 얼마나 새로운 생각을 하는지, 다른 사람보다 뛰어난 점은 무엇인지 늘 검증받는 기분이었다. 한 PD는 아이디어 회의를 할 때마다 내가 의견을 내놓으면 대놓고 고개를 저으며 인상을 썼다. 너 같은 게 어쩌자고 여기에 있냐는 표정이었다. 괜찮은 아이디어를 내면 "어쩐 일이냐, 별일이네" 했다. 그 모습을 보고 다른 PD는 "아, 그만해! 지렁이도 밟으면 꿈틀해" 하며 재미나다는 듯 웃었다.

당시 내가 속한 프로그램의 여자 MC는 능력도 뛰어나고 사람도 좋기로 소문난 아나운서였다. 그녀는 녹화가 시작되기 전이면 종종 커다란 비닐봉지에 음료수와 간식을 가득 담아 들고서 사무실을 찾아왔다. 나보다 세 살 많은 그녀는 마음도, 얼굴도 예뻤다. 올 때마다 주변이 반짝반짝 빛이 나는 것 같았다. 팀원들이 그녀와 반갑게 인사를 하느라 바쁠 때 나는 간단히 목례를 하고 원고를 복사하곤 했다. 그때마다 가뜩이나 작은 내가 더 작고 보잘것없이 느껴지곤 했다. 내 두툼하고 꼼꼼한 프로그램 모니터에 반해 나를 데려다 놓았던 책임 PD는 그즈음 아예 인사조차 받지 않고 있었다.

차창 밖으로 보이는 불빛들이 아득하게 느껴졌다. 나는

어디로 가는 걸까? 앞으로 어떻게 되는 걸까? 마음이 한없이 가라앉고 있을 때였다. 두 사람이 눈에 들어왔다. 버스기사 뒷자리에 열 살쯤 되어 보이는 아이가, 그 뒤엔 아버지로 보이는 남자가 앉아 있었다. 앞뒤로 떨어져 앉아서 그런지 부자는 특별히 말이 없었다. 내 마음 때문이었을까? 그들의 인생도 괜히 초라하게 느껴졌다. 오래 입어 낡고 얇아진 티셔츠처럼 허름한 인생. 밤 11시를 넘긴 시각, 이 시간에 집에 있지 못하고 버스에 몸을 맡기고 있는 아이와 아버지의 처지를 나 혼자 제멋대로 상상했다. 엄마는 없는 걸까? 저녁은 먹었을까? 아버지는 저 윗도리를 몇 년째 입고 있는 걸까?

그때였다. 차가 크게 흔들렸다. 순간, 아버지는 재빨리 두 손을 뻗어 아이의 뒤통수를 받쳐 들었다. 자세히 보니, 아들이 잠들어 있었다. 의자 뒤로 고개가 젖혀진 채로 자고 있던 아이의 머리가 흔들릴까 봐, 혹여 아이의 잠이 깰까 봐 아버지는 재빨리 손을 뻗었던 것이다. 아버지는 차가 제 속도를 찾은 뒤에도 아이의 머리에서 손을 떼지 않았다. 아버지의 표정은 진지했다. 세상에서 가장 소중한 것을 대하는 것처럼 두 손은 조심스러웠다. 한 정거장이 지나도, 두 정거장이 지나도, 세 정거장이 지나도 그는 기꺼이 자신의 손으로 아이의 머리를 지켰다. 팔을 조금도 움직이지 않았다. 마치 그 일이 자기에게 주어진 가장 큰 소명인 것처럼. 아이는 세상모르고 자고 있었다.

나는 두 사람의 이야기를 수첩에 적었다. 잠든 아이는 어쩌면 영원히 알지 못할 것이다. 편하게 있으라고, 흔들리지 말라고, 아무것도 걱정 말라고, 여기 아빠가 있다고…… 그 말 대신 단단한 팔뚝을 뻗어 자신을 받치고 있던 아버지의 손길을, 그날의 사랑을. 나라도 대신 아버지의 사랑을 기억하고 싶었다. 잊지 않고 싶었다.

가끔 두 사람을 생각했다. 아들은 잘 크고 있을까? 아버지는 건강하게 잘 지내고 있을까? 그들과 말이라도 섞어본 사람처럼 궁금해했다. 잘 성장한 아들을 머릿속에 그려보기도 했다. 그러면서 믿었다. 무사히 잘 자라고 있을 거라고. 보이지 않는 곳에서도 아들의 단잠을 지켜주던 아버지 곁에서라면, 든든하고 튼튼한 아버지의 사랑 안에서라면 틀림없이 아이는 잘 자랄 거라고 믿어 의심치 않았다.

하기 싫은 회식을 하고 버스를 타고 집으로 돌아오던 날,

실은 예감하고 있었다. 앞으로도 숱하게 상처받으며 살 거라는 것을. 왜 이것밖에 되지 않느냐며 자책과 후회로 잠 못이루는 날도 있겠지. 이유를 알 수 없는 고통에 시달리다 도망을 치고 싶은 날도 찾아오겠지. 나는 진저리를 쳤다.

이제 막 사회에 발을 들인 나는 너무 빨리 단정하고 있었다. 삶은 어쩌면 이 모든 것을 견디는 일의 연속일지 모른다고. 버스에서 내려 한참을 걷고 또다시 높은 오르막길을 올라가려니 숨이 찼다. 집 앞에 도착했다. 견디어낼 수 있을까? 끝까지 갈 수 있을까? 대문을 열고 계단을 다시 걸어 올라갔다. 집엔 아무도 없었다. 그때 훅 들어오던 집 냄새. 엄마 냄새 같기도 아빠 냄새 같기도 한. 나는 그제야, 우울에 침잠해 있느라 잊고 있던 존재를 떠올렸다. 그래, 나도 있지. 나의 두 사람.

그러나 그 후에도 나는 삶에 서툴렀고, 설 자리가 어디인가 내내 헤맸으며, 내 자리가 아닌 더 좋아 보이는 누군가의 자리를 구차하게 바라봤다. 하지만 그만두지는 않았다. 일단은 견뎌보자, 하면서 걸었다. 그러다 보니 어느 날엔, 다시 담담한 마음으로 버스를 타고 출근을 하고 있었다. 지금와 생각해보면, 그건 나 혼자만의 힘은 아니었다. 포기하고 싶을 땐 내 뒤에 서 있을 나의 두 사람을 생각했으니까.

요즘도 가끔 어두워진 시간에 버스를 타면 아버지와 아들이 생각난다. 버스 안에서 본 아이는 이제 스무 살이 넘은 청년이 됐을 것이다. 언젠가 어디선가 본다 해도 이미 훌쩍 자라버린 그를 알아보지 못할 것이다. 그래서 나는 하는 수 없이 부치지 못한 편지를 보내는 마음으로 여기에 쓴다.

당신도 알고 있었나요?
당신을 지키고 사랑하는 일이 삶이었던 한 사람을.
당신이 삶을 견디도록 내내 함께했던 그 사람을.

위로보다 여행

스물일곱 살의 봄, 나는 두 가지를 잃었다. 하나는 직장, 하나는 사랑.

막내 작가로 TV 교양국에서 일하다 다큐멘터리 원고를 쓰며 입봉을 한 뒤, 나는 고민했다. 여기 이 자리에서 계속 교양팀 구성 작가로 일할 것인가. 아니면 처음부터 꿈꾸었던 라디오 작가가 되기 위해 다시 한번 도전할 것인가. 나는 도전하기로 마음먹었다. FM 음악 방송을 시간대별로 들으면서 오프닝 원고를 따라 쓰며 감을 익히고, 각 프로그램의 장단점을 모니터하고, 새로운 프로그램 아이디어와 원고를 써서 두툼한 자료를 만들었다. 그리고 공중파 3사의 대

표 프로그램이라 할 만한 여섯 개의 프로그램 담당 PD에게 우편을 보냈다. 이름도 모르고 얼굴도 모르는 사람들이지만 이 중에 하나는 걸리겠지, 배짱 좋게 생각했다.

운 좋게도 3사 모두에게서 연락을 받았다. 두 곳은 때가 되면 연락을 준다고 했고, 한 곳은 오프닝 원고만 써보겠느냐고 했다. 나는 밤 10시 프로그램에 작가로 입성했다.

TV와는 다른 시스템에 적응하느라 좌충우돌하거나 주눅이 들 때도 있었지만, 실시간으로 청취자 피드백을 받는 재미와 오롯한 내 원고를 DJ가 읽을 때 느끼는 감동은 상상한 것 이상이었다. 무엇보다 사람 사는 이야기를 들을 수 있어서 좋았다. 적성에 맞는다고 생각했다. 하지만 기껏 터를 닦은 KBS를 떠나 낯선 MBC에서 생활한 지 6개월 만에 나는 선배와 함께 잘렸다. 프로그램의 DJ가 하차하면서 함께 일했던 PD들도 뿔뿔이 흩어진 것이다. 라디오 작가가 됐다며 호기롭게 일한 게 무색하게, 정확히 6개월 만에 깨닫고 말았다. 나는 언제든지 잘릴 수 있는 프리랜서라는 걸.

그즈음 나는 짝사랑을 앓고 있었다. 상대는 우리 프로그램에 출연했던 한 뮤지션이었다. 따뜻한 그의 음악과 느긋한 말투에 호감이 갔다. 그가 오면 괜히 설레고 기분이 좋았다. 프로그램이 끝난 뒤 콘서트 초대를 받았다. 공연 당일, 응원차 그의 대기실 문을 두드렸다. 노란 조명에 비친 그의 눈동자는 유난히 크고 맑게 느껴졌다. 불빛 때문인지, 눈빛 때문인지 나는 다시 한번 그에게 반해버리고 말았다. 그가 꽃을 들며 서 있는 내게 반갑게 말했다.

"아, 작가님! 이따가 콘서트 끝나고 뒤풀이 때 꼭 올 거죠? 기다릴게요."

"기다릴게요"라는 말이 내 가슴에서 쿵쿵거렸다. 콘서트가 끝나고 뒤풀이를 찾아갔고 나는 그의 옆자리에 앉았다. 그는 전화번호를 물었다.

술자리가 파하고 집에 도착할 무렵, 그에게서 전화가 왔다. 다음 날 다시 만나고 싶다고. 청담동 어느 까페에서 그를 만났다. 밥을 먹고, 차를 마시고, 영화를 보고, 함께 걸었다. 그는 내 머릿결에서 맡아지는 향수의 이름을 물었다. 해가 지기 직전 세상의 빛이 변할 때면 아이처럼 서러운 마음이 든다고 했다. 영어 공부를 하고 있다며 툭툭 영어를 던지며 나를 웃겼다. 영화를 보다가 어느 장면에서 갑자기 무섭다는 듯 장난스럽게 내 목을 끌어안았다가 놓기도 했다. 그는 나를 집까지 데려다주었다. 그게 다였다. 그는 더 이상 연락을 하지 않았다.

내가 전화를 걸자 "누구?"라고 말하는 그의 목소리를 듣는 순간, 나는 차였다는 걸 알았다. 부풀었던 마음은 열패감으로 변했다. 나는 열일곱이 아닌 스물일곱이었다. 이해할 수 있는 일이었다. 호기심에 누군가를 한번 만나볼 수도 있고 아니면 그만둘 수도 있는, 그렇고 그런 흔한 일로 받아들이면 될 일이었는지도 모른다. 그런데 그날의 노란 조명이, 그의 눈빛이 잊히지 않았다. 까만 눈동자로 나를 보며 "기다릴게요" 하던 목소리가 쉽게 지워지지 않았다. 보고 싶었다. 보고 싶은 마음이 커질수록 나 자신에 대한 실망감으로 바닥을 쳤다. '그래, 내가 그렇지. 내가 무슨 매력이 있겠어. 별 볼 일 없지.'

더구나 나는 이제 방송 작가도 아닌 백수였다. 나는 고등학교 친구들과 대학 친구들을 몽땅 불러내 밤새도록 술을 퍼마셨다. 하루만 데리고 놀려고 나한테 그런 거냐, 내가 심심풀이 땅콩이냐, 나쁜 바람둥이 새끼, 하면서 그를 욕했다. 스물일곱이나 처먹고도 첫눈에 반하고 어쩌고를 떠드는 멍청하고 순진해 빠진 게 나란 인간이라며 나 자신 또한 욕했다. 살이 바짝바짝 말라갔다. 나의 자존감도 함께 말라가던 시간이었다.

그러던 어느 날, 엄마의 전화를 받았다.

"여행 갈래? 군산으로?"

나는 엄마한테 일을 그만둔다는 얘기는 했지만 짧고 초라한 연애 사건은 이야기하지 않았다. 바보 같은 나를 엄마에게 보여줄 순 없었다. 고속버스 안에서 나는 말이 없었다. 엄마도 그랬다. 차가 서울을 떠나 멀리 달릴수록 차창 밖 나무들의 굵기는 점점 굵어졌다. 한곳에서 저렇게 굵어질 동안 오랜 세월을 버텨냈을 나무들이 어쩐지 대단해 보였다. 오래된 것들은 다 아름답구나. 엄마에게 불쑥 물었다.

"엄마는 다시 태어나면 뭐가 되고 싶어? 난 나무가 되고 싶어. 한곳에서 아무것도 안 하고 그냥 세월이 흐르는 걸 지켜보고 싶어."

"엄만 싫어. 그건 너무 지루하고 답답할 것 같아. 엄만 새가 되고 싶어."

엄마다운 대답이었다. 차창 밖 세상은 온통 연둣빛이었

다. 엄마가 말했다.

"어쩌면 어린 것은 저렇게 다 여리고 예쁘니. 세상의 모든 어린 것은 다 예쁘다니까."

엄마는 흔하게 감탄사를 연발하는 사람이었다. 그러니 별로 특별할 것도 없는 말인데 유난히 기억에 남았다. 내겐 엄마의 말이 이렇게 들렸다. 너는 여전히 어리고 예쁘다고.

엄마는 나를 군산에 있는 한 수산시장으로 데려갔다. 꽃게가 한창인 봄이었다. 엄마는 한 집을 찍어 야무지게 흥정을 한 뒤 주인에게 말했다.

"이거 바로 쪄서 먹게 해줄 수 있죠?"

우리는 가게 뒤편의 낡은 테이블에 앉아 금방 쪄낸 꽃게를 호호 불어가며 쪽쪽 빨아먹었다. 배부르게 꽃게를 먹고 시장 구경을 한 다음 엄마와 나는 어느 모텔에 들어갔다. 세수를 하는데 새빨간 피가 세면대로 툭툭 떨어졌다. 쌍코피가 나고 있었다. 나는 양쪽 콧구멍에 휴지를 끼고 침대에 누웠다. 그런 나를 보고 엄마는 지나가는 말처럼 말했다.

"많이 힘들었나 보다."

다음 날, 엄마의 친정 식구가 있는 전주에 갔다. 셋째 이모가 우리를 한정식집에 데려갔다. 안내하는 대로 방에 들어갔는데 상이 없었다. 잠시 후에 아주머니 두 분이 큰 상을 들고 왔다. 상에는 남도 음식이 한가득 담겨 있었다. 다 먹고 거울을 보며 얼굴을 매만지던 이모가 나를 보며 불쑥 말했다.

"너는 젊어서 좋겠다. 지금 그대로도 이쁘니까."

이모의 말을 들으면서 나는, 그렇구나, 했다. 나는 아직 젊구나.

밥을 먹고 엄마가 세상에서 가장 사랑하는 그곳, 나고 자란 그곳, 엄마가 배가 아프다고 하면 할아버지가 툇마루에 앉아서 가만가만 배를 쓸어줬다는 그곳, 덕진 연못으로 갔다. 연꽃은 아직 피지 않았지만 바람결에 출렁거리는 푸른 연잎만으로도 장관이었다. 연꽃은 진흙탕에 뿌리를 내리는데 더러움을 정화하면서 꽃을 피운다고 했다. 커다란 연꽃이 만개한 연못은 얼마나 아름다울까. 엄마가 사랑할 만한 곳이라고 여겨졌다.

여행에서 엄마와 나는 특별한 무엇을 하지 않았다. 함께 밥을 먹고, 함께 자고, 같은 풍경을 바라봤을 뿐. 엄마는 내게 힘내라는 말도, 괜찮다는 위로도, 다시 일해야지 하는 말도 하지 않았다. 그저 가만히 내 옆에 있어줬다.

당신에게 벽난로 같은 무언가가 없다면 하나쯤 만들어야
한다. 찾아가면 언제나 마음이 편해지는 곳.
혼자가 아니라는 사실을 깨달을 수 있는 곳.

_대프니 로즈 킹마, 『인생이 우리를 위해 준비해 놓은 것들』

엄마가 왜 나를 데리고 여행을 떠났는지 그때의 나는 몰
랐다. 10년도 훨씬 더 지나고 나서야 이 글을 읽다가 불현듯
깨달았다. 엄마는 말하고 싶던 게 아니었을까?

"너는 혼자가 아니야. 언제라도 힘들고 외로우면 엄마에
게 돌아와."

여행 후, 나는 다시 이력서와 자기소개서를 썼고, 일해보
고 싶었던 어느 영화사에 들어갔다. 몇 개월 후, KBS에서
연락이 왔다. 내가 원고를 보낸 PD였다. 나는 다시 라디오
작가가 되었고, 1년 뒤 지금의 남편을 만났다.

그렇게 소녀는 어른이 된다

중학교 시절, 일기를 썼다. 그때 소녀들의 취향처럼 자물쇠가 있는 두꺼운 하드커버 일기장에 낙서인지 불평인지 불안인지 모를 그런 내용을 썼다. 열쇠는 잃어버렸는지 특별히 일기장을 자물쇠로 잠가두지 않아서 책상 서랍에 넣어둔 일기장은 누구라도 보려면 볼 수가 있었다. 그걸 엄마가 볼 거라고는 상상하지 못했다.

어느 드라마에서 사춘기란 "부모의 단점이 보일 나이"라고 했다. 그 말이 맞았다. 당시 나의 일기장엔 엄마의 단점이 가득 적혀 있었다. '싫어병'의 시작이었다. 화장실의 문을 열고 볼일을 보는 엄마를 보면 고개를 저었다. 거실에서 편한 자세로 누워 있는 엄마의 다리가 어쩌다 벌어지기라도 하면 눈살을 찌푸렸다. 언젠가부터 조금씩 몸이 불더니 뚱뚱해져버린 엄마의 몸매도 창피했다.

엄마는 162센티미터에 51킬로그램의 지극히 날씬한 몸이었다. 셋째인 나를 출산한 게 문제의 시작이었다. 산부인과에 갈 사정조차 되지 않던 그때 엄마는 손수 물을 끓이고 가위를 깨끗이 소독해서 단칸방에서 나를 낳을 준비를 했다. 그것도 홀로. 아빠는 그때 어디 계셨는지, 조산사는 없었는지 자세한 상황은 모르겠다.

엄마의 이야기 가운데 기억나는 건 내가 탯줄을 목에 감은 채 힘겹게 태어났고, 엄마의 하혈은 그칠 줄 몰랐다는 것 정도다. 내 위로는 어디로 튈 줄 모르는 두 살과 네 살의 장난꾸러기 오빠들이 있었다. 애를 맡길 데는 당연히 없고, 친정은 엄마가 열두 살 때 떠난 후로 왕래가 잦은 편이 아니었다. 몸을 뒤흔들어놓는 출산 후에 아무런 조리도 하지 못한 엄마는 그 무렵부터 조금씩 살이 찌기 시작했다. 혈액순환에 문제가 생기면서 신진대사도 좋지 않았을 것이다. 철이 들고는 엄마의 불어버린 몸이 버거웠던 삶의 증거 같아서 마음이 아렸지만, 사춘기 시절엔 엄마의 몸을 그렇게 헤아리지 못했다.

내 일기장에는 일방적인 불만과 비난뿐만이 아니라 여중생의 최대 관심사, 이성에 관한 이야기도 단골 소재로 등장하곤 했다. 우리 집에 전화를 걸어오는 정체 모를 남자아이의 목소리에 방정을 떨고, 몰래 뒤를 따라오던 어떤 남학생에 대해서도 이런저런 소설을 썼던 것 같다. 모두 그 나이때 일어날 법한 일이지만, 엄마는 청소년기의 미숙한 사고를 포용하지 못했다. 엄마에 대한 철없는 비난도 모자라 유치하고 한심한 사랑 타령까지. 배신감과 무력감이 들었을 거다. 믿고 사랑했던 딸이기에 더욱.

엄마의 반응은 무척이나 감정적이고 노골적이었다. 학교에서 돌아온 나에게 다짜고짜 경멸의 눈길을 보냈다.

"그놈들이 그렇게 좋으면 지금이라도 나가 살아!"

얼굴이 화끈거렸다. 아무렇게나 배설하듯 쏟아낸 일기를 누군가 봤다는 사실에 발가벗겨진 기분이었다. 역시 엄마는 교양이라고는 찾아볼 수가 없어! 엄마를 무시하듯 방문을 쾅 닫고 들어가버렸다. 화가 난 엄마는 내 방으로 쫓아 들어와 뭘 잘했느냐고 나무랐던 것 같다. 그러다 뭐라고 내가 얄미운 대꾸를 했는지 엄마가 참지 못하고 내 입을 툭 쳤다.

벽에 기대앉아 있던 나는 뒤통수를 쿵 박았다. 팽팽한 순간은 내가 울고 엄마가 나가버리는 것으로 끝이 났다.

한참의 고요가 지나고 해가 기울었다. 엄마는 다른 날보다 이른 시간에 저녁을 준비하느라 부엌에서 분주했다. 푸근한 된장찌개 냄새와 함께 내가 좋아하는 부드러운 계란찜이 가스레인지 위에서 끓고 있었다. 엄마의 무언의 사과였다. 그날 밤, 난 일찍 침대로 들어가 다짐했다. 다시는 일기 따위는 쓰지 않겠어. 엄마가 말도 없이 내 일기장을 본 것도 화가 났지만, 아무도 모르게 엄마를 비난하던 나 자신 또한 부끄럽고 싫었다. 어느 동화 작가가 그랬다. 가슴속 구슬이 하나하나 깨지면서 어른이 되는 거라고. 나는 하나의 구슬이 깨지는 걸 느꼈다.

밤이 깊었을 때, 방문을 조용히 열고 엄마가 들어왔다. 나는 이내 자는 척을 했다. 눈을 감았지만 엄마가 나를 바라보고 있다는 걸 알았다. 잠시 후 엄마는 이불을 끌어올려 어깨까지 덮어준 뒤 방을 나갔다.

다음 날, 동네를 배회하다 어느 집 쓰레기봉투에 문제의 일기장을 쑤셔 박아 버렸다. 그 이후로 일기다운 일기는 쓰지 않았다. 의도한 건 아니지만 엄마에게 상처를 준 나에게 스스로 내리는 벌이자 엄마가 내 일기를 본 것에 대한 반항이라면 반항이었다.

그 사건만 빼면 엄마와 나는 비교적 사이좋은 모녀였다, 라고 쓰려니 또 다른 기억들도 밀려온다. 그것이 무엇인지도 모른 채 뱃속 저 깊은 곳에서부터 올라오던 불만과 투정과 사랑과 연민이 뒤섞여 엄마에게 짜증이 나던 나와 그런 나에게 한 번씩 제대로 질러주던 엄마. 등교하기 전에 엄마의 잔소리에 입이 나와서는 방바닥을 쿵쿵거리며 걸을 때 엄마는 "학교 갔다 와서 보자"며 으름장을 놓았다. 그게 걱정돼 무거운 발걸음으로 집에 돌아오면 엄마는 언제 그랬냐는 듯 물었다.

"왔어?"

자식을 키우고 보니, 부모란 자식 앞에서 한없는 약자란 생각이 든다. 더 사랑하는 사람은 언제나 약자니까. 엄마도 그랬을 것이다. 화난 마음이 가라앉기도 전에 속상할 딸의 마음이 더 신경 쓰이는 것. 자신의 분노보다 아이가 받았을 상처가 더 쓰린 것. 그게 부모고 엄마다. 그래서 우리 엄마들은 "내가 너를 어떻게 키웠는데!" 하며 속사포를 쏟아내다가도 이내 돌아서서 속엣말을 하는 것이다. "화내서 미안하다"고. 영화 〈레이디 버드〉의 엄마 매리언처럼.

딸 크리스틴은 엄마 매리언한테 불만이 많다. 늘 화가 나 있는 것처럼 자신의 행동 하나하나를 지적하는 엄마를 볼 때마다 신경이 곤두선다. 딸은 아무도 모르는 자신의 동네를 떠나고 싶다. 엄마는 부모의 경제 상황과 상관없이 무조건 뉴욕으로 대학을 가겠다는 딸에게 화가 나 말한다. 정신 병원에서 힘들게 야근하는 게 다 누구 때문인지 아느냐고. 철모르는 딸에게 가하는 엄마의 일격은 따끔하다.

> **매리언** 널 키우는 데 얼마나 드는 줄 아니? 네가 매일 헛
> 돈을 얼마나 쓰는지?
> **크리스틴** 다 얼마야? 돈 다 갚고 인연 싹 끊어버리게.
> **매리언** 넌 그만큼 벌 직장도 구하지 못해.

사춘기 때 이 영화를 봤다면 크리스틴에게 공감했겠지만 이제 엄마가 된 나는 크리스틴보다 매리언에게 자꾸 마음이 간다. 독이 오른 것처럼 바짝 대드는 딸에게 눈 하나 깜짝 안 하는 엄마지만 실은 딸을 얼마나 애틋하게 사랑했던가.

엄마는 고단한 일상을 마치고 돌아와 쉬지도 않고 한밤중까지 딸의 드레스를 수선한다. 남자 친구에게 실망한 딸이 엄마를 보자마자 울음을 터뜨릴 때 품어주던 매리언의 표정은 딸보다 더 슬프다. 엄마의 마음은 딸에게 전해질 수 있을까?

시간이 흐르고, 크리스틴은 뉴욕에 있는 대학으로 떠난다. 크리스틴의 아빠는 아내가 딸에게 쓰다 버린 편지를 휴지통에서 꺼내 딸의 여행 가방에 몰래 넣어준다.

"철자나 문법이 온통 틀렸을까 봐 못 보내겠다더라. 네가 흉을 볼까 봐. 엄마 마음을 전해주고 싶었어."

두 줄을 채 넘기지 못한 채 버려지고 또 버려졌던 엄마의 편지.

레이디 버드에게,
내 나이 마흔두 살에 널 가진 건 기적이었어.

크리스틴,
레이디 버드라는 네 예명 참 예뻐.

레이디 버드,

화낸 거 미안하다.

사춘기를 앓던 시절에도, 그 이후에도, 나와 엄마는 때때로 갈등하고 서로에게 실망하고 다시 이해하는 과정을 거듭했다. 그러나 우리는 한 번도 서로의 사랑을 의심하지 않았다. 그것은 엄마가 내게 보여준 변함없는 애정에 대한 믿음 때문이었을 것이다. 나를 경멸하는 눈빛으로 바라보는 엄마의 표정을 잊을 수 있던 것도, 때때로 강하고 직설적인 엄마의 화법에 상처받다가 털어낼 수 있던 것도 엄마가 언제나 나를 사랑하고 있다는 걸 알고 있었기 때문이다. 소리를 지르고서도 딸이 좋아하는 반찬을 만드느라 싱크대에 서 있던 엄마의 뒷모습. 조용히 방문을 열고 들어와 물끄러미 나를 바라보던 엄마의 눈길. 그 모든 게 사랑이라는 걸 철없는 사춘기 시절에도 느낄 수 있었다.

내 아이도 언젠가 자신만의 방에서 비밀을 만들며 어른이 될 것이다. 그때가 오면 나 또한 흔들리고 속이 상하겠지.

미래의 나에게 지난 기억이 말한다. 사랑한다는 걸 절대 의심하지 않게 만들라고. 돌아서면 보이는 그 자리에서 변함없이 사랑하고 있다는 걸 느끼게 해주라고. 그러면 괜찮을 거라고.

나는 가끔 엄마한테
등짝을 맞고 싶다

스무 살 때 나는 엄마한테 옷걸이로 맞았다.

대학에 입학한 나는 새로운 문화에 정신을 못 차리고 있었다. 무엇보다 대학의 뒤풀이 문화가 나를 사로잡았다. MT든 과모임이든 동아리 모임이든, 언제나 막걸리와 소주와 맥주가 즐비한 뒤풀이가 기다리고 있었다. 애주가인 아빠의 딸답게 나는 쉽게 취하지 않았다. OT를 갔을 땐 우리 과의 전설로 등극했다. 종이컵으로 막걸리를 스물일곱 잔인가 받아 마신 것이다(그때 인생에 할당된 음주량을 다 소비해서 그런지, 지금은 맥주 한 캔만 마셔도 취기가 오른다). 우리 학번에서 제일 늦게까지 살아남은 사람이 바로 나였다. 다음 날, 어지럽고 속이 메슥거려서 낮까지 아무것도 먹을 수 없었다. 괴로워서 쭈그려 앉아 있는데, 지나가던 동기와 선배들이 모두 반갑게 알은척을 했다. 내가 모르는 얼굴은 있어도 나를 모르는 얼굴은 없었다. 그들은 모두 내게 같은 말을 했다.

"네가 걔구나."

맞다. 걔가 나였다. 무식하게 계속 술을 받아먹은 미련한 애가 나였다. 음주의 세계는 몇 달 내내 이어졌다. 실은 술을 마시는 일보다 사람들과 둘러앉아 두런두런 이야기를 나누는 문화가 좋았다. 모두를 사랑할 수 있을 것 같은, 사랑하고 싶은 젊은 날이었다.

당연히 귀가가 점점 늦어졌다. 지하철 막차를 타고 들어오는 날이 많았다. 그날도 자정을 훌쩍 넘긴 시간에 현관문을 열었다. 달아오른 얼굴로 현관에 들어서다 나는 화들짝 놀라고 말았다. 현관 바로 앞에 엄마와 아빠가 얼음 조각상처럼 앉아 계셨다. 두 분 다 양반다리를 하고, 한 손엔 옷걸이를 든 채로.

"앗, 깜짝이야. 왜 거기 앉아 계셔?"

"뭐? 왜 여기 앉아 있냐고? 몰라서 물어? 엄마랑 아빠가 하루 이틀은 그럴 수 있다 생각했어. 그래, 고3 내내 책상에만 앉아 있다가 대학 가니까 좋았겠지. 분위기에 취했겠지. 그렇게 이해하려고 했어. 그런데 이게 뭐니? 이러려고 대학 갔어? 고등학교라면 당장 전학시키고 싶은 심정이야. 술 퍼마시다 인생 끝장내려면 다 때려치워."

말을 하면서 더 화가 나는지 엄마는 들고 있던 옷걸이로 내 팔이며, 허벅지, 등을 몇 대 때렸다. 무지 아팠다. 옷걸이는 옷을 걸 때만 써야 한다는 걸 제대로 느꼈다.

"아니, 어릴 때 속 한 번을 안 썩이더니, 왜 다 커서 이 진상을 떨어?"

말이 없던 아빠가 옷걸이를 옆으로 치우면서 말씀하셨다.

"나도 네가 K대 갈 줄 알았다. 그럴 거면 재수해."

무슨 말인지 알아들었다. 제 맘에 차지 않는 대학에 갔으면 공부라도 열심히 해서 미래를 준비할 생각은 안 하고 왜 그리 술만 퍼마시는지 실망스럽다는 뜻이었다.

나는 앞으로는 신경 안 쓰게 해드리겠다고 말씀드린 뒤 방으로 들어왔다. 옷걸이로 맞은 허벅지며 등짝이 조금 화끈거렸다. 이상했다. 취기 때문이었을까? 억울하거나 섭섭하거나 어이없거나 그런 게 아니라 실실 웃음이 났다. '엄마 아빠 아직 살아 있네!' 뭔가 든든했다. 내가 흔들리거나 엇나갈 때 나를 잡아줄 사람이 있다는 게 나쁘지 않았다. 나는 침대에 벌렁 누우며 킥킥거렸다.

"그래, 나는 아직 새끼지. 어른이 아니지."

그 후 옷걸이로 맞는 일은 더는 없었지만 가끔 등짝은 얻어맞았다. 의자에 입던 옷을 벗어던진 게 차곡차곡 쌓여 산이 됐을 때, 설거지통에 그릇을 넣고 물도 부어놓지 않았을 때, 먹다 남은 과자를 그대로 두었을 때 엄마는 "으이구" 하면서 가볍게 등짝 스매싱을 날려주었다.

이제 내 나이는 잔소리를 들을 나이가 아니라, 할 나이다. 남편과 아들이 먹다가 소파에 흘린 과자 가루를 청소기로 빨아내면서, 방을 이리저리 나뒹구는 음료수병을 치우면서, 뱀 허물처럼 여기저기 널려 있는 아이와 남편의 옷가지를 빨래통에 갖다 넣으면서, 나도 엄마처럼 잔소리를 한다. 아들 대신 남편의 등짝을 때리면서.

"내가 너희들 종이냐. 빨리 같이 안 치워?"

그러면서 생각한다.

아, 나도 엄마한테 등짝 한 대 얻어맞고 싶다!

엄 마 없 이 도
잘 살 아 갈 수 있 을 까

육아에 지친 어느 날, 도서관에 갔다가 『빨간 머리 앤』을 발견했다. 언제나 반가운 앤! 앤을 본 지가 언제였더라. 10대 때 처음 읽고 반한 뒤에도 종종 애니메이션 DVD로 앤을 찾아보곤 했는데, 아이를 낳고부터는 까맣게 잊고 지냈다. 내게 명랑한 선물을 하는 마음으로 책을 빌렸다.

이야기는, 조용하고 아름다운 에이번리의 초록 지붕 집 남매에게 열한 살짜리 빼빼 마른 주근깨 소녀 '빨간 머리 앤' 이 찾아오면서 시작된다. 사실 이 집에는 농사일을 도와줄 남자아이가 필요했는데 착오로 앤이 오게 되었다. 그들은 여자아이를 키울 생각이 조금도 없었지만 앤을 돌려보내지 못한다.

앤은 밀어내고 외면하기엔 갖고 있는 매력이 너무 많은 아이였다. 부모를 잃어 힘들고 가난한 어린 시절을 보내고 있었음에도 앤은 세상에 대한 감탄과 사랑이 넘쳤다. 남들은 흘려듣는 시냇물 소리에서 웃음소리를 찾아내고, 평범한 산책길에는 '환희의 오솔길'이라는 이름을 붙여주며 탄성을 지른다.

수줍음이 많은 매슈 아저씨는 물론이고 무뚝뚝한 원칙주의자 마릴라도 그런 앤에게 마음을 뺏기고 만다. 앤은 초록지붕 집의 두 사람에게 가장 소중한 존재가 된다. 사랑이 많은 이들은 그렇게 사람을 끌어들인다.

다정한 앤이지만 화가 나면 막을 수 없다. 앤은 자신을 처음 보자마자 "못생긴 홍당무"라고 놀린 린드 아주머니에게 독설을 퍼붓고, 관심을 끌려고 "홍당무! 홍당무!" 하며 머리카락을 잡아당긴 남자친구 길버트에겐 석판을 거침없이 내리친다.

이처럼 "영혼이고 불이고 이슬" 같아서 "삶의 기쁨과 고통을 세 배로 더 느끼는" 앤을 마릴라는 걱정했다.

나도 그런 사람을 알고 있다. 정확히는 앤을 닮은 아줌마. 그녀는 바로, 엄마다. 어릴 적엔 앤처럼 말랐다지만 말년엔 뚱뚱했고, 주근깨 대신에 기미가 가득하던 엄마는 외모는 몰라도 성격만큼은 앤과 너무도 비슷했다.

　엄마는 앤처럼 수시로 감동하고 감탄하는 사람이었다. 매슈의 마차를 타고 초록 지붕 집으로 가던 앤이 풍경에 매료되어 한참을 떠들던 것처럼, 엄마는 차를 타면 한 번을 조는 법이 없었다. 창밖의 나무, 꽃, 새, 바람, 구름, 어린아이들…… 그 모든 것을 엄마는 예찬했다.

　살아 있는 것들에게 쏟던 애정도 남달랐다. 지친 어미의 돌봄을 받지 못해 힘없이 늘어져 있던 갓 태어난 강아지를 손에 올리고 어미 개의 젖꼭지에 대주며 엄마가 했던 말을 기억한다.

　"힘들어도 멕여야지. 그래야 에미지. 아가야, 너도 힘내. 죽을힘을 다해서 빨아."

　강아지는 곧 통통하게 살이 올랐다. 그뿐이었나. 엄마 곁에서는 식물들도 호사를 누렸다. 우리 집 화분들은 좀처럼 시들어 죽는 법이 없었다.

　정이 많은 엄마는 앤이 그랬듯 눈물도 많았다. 우는 사람을 보면(누구이건 상관없이, 모르는 사람이어도, TV에 우는 사람이 나와도) 엄마는 언제나 같이 울고 있었다. 엄마 일도 아닌데 왜 우느냐고 물으면 엄마는 오히려 되물었다.

"어떻게 안 울 수가 있니?"

여린 감성을 가졌지만 때때로 엄마는 석판을 내리치던 앤처럼 불같이 변할 때가 있었다. 내가 일고여덟 살 때였나. 무엇 때문인지 엄마는 옆집 여자와 싸움이 붙었다. 드라마에 종종 등장하던, 머리끄덩이를 잡고 싸우는 장면을 나는 실제로 목격했다. 싸움을 끝내고 가게 안으로 들어온 엄마의 표정은 말하고 있었다. '까불고 있어!'

무엇보다 나는 엄마의 밝음이 좋았다. 엄마는 앞선 세대가 그랬듯 힘겨운 시절을 살았지만 내게 우울한 얼굴보다 웃는 얼굴을 훨씬 더 많이 보여주었다. 병원에 입원해 있을 때도 그랬다. 병실의 다른 환자들과 친구가 되어서는 간호사 몰래 피자를 시켜 먹고 수다를 떨면서 소녀처럼 깔깔댔다. 엄마는 아플 때에도, 앤이 말한 것처럼 오늘이 두 번 다시 오지 않을 거라는 걸 잊지 않는 것 같았다.

더 사랑하고 더 많이 느끼고 더 아파하는 엄마를 보면 가

끔씩 불안했다. 저렇게 애를 쓰고 에너지를 소진하다 재가
되어버리면 어쩌나. 엄마는 몸이 약하게 태어난 사람이었
다. 어릴 때 하루걸러 한 번씩 코피를 쏟는 일이 흔했고, 자
주 체하고 두통에 시달렸다고 한다. 가슴도 많이 아팠다. 나
중에 알게 된 거지만 엄마의 심장 혈관은 기형이었다. 당시
약국에서 팔던 심장약 '구심'을 엄마가 그토록 자주 먹을 수
밖에 없었던 이유를 우리는 나중에 알게 되었다. 제 기능을
다할 수 없는 심장과 약한 몸을 가지고도 엄마는 삶의 최전
선에 뛰어드는 일을 주저하지 않았다. 엄마는 숱하게 새로
운 식당을 차리며 돈을 벌어 우리를 키웠는데 그때마다 희
망에 달뜬 얼굴로 말했다.

"자, 다시 시작해볼까?"

열정이 넘치는 엄마의 씩씩한 성정은 어릴 때에도 비슷했
던 것 같다. 매슈의 자랑이었던 앤처럼 엄마는 공부도 잘하
는 영특한 소녀였다. 엄마는 고향인 전주에서 전교 어린이
회장을 했다. 그 시절에 여자아이가 남자아이를 제치고 회
장을 하는 건 전무후무한 일이었다고 한다. 동네에서 소문
난 영재였지만, 할머니는 엄마를 중학교에 진학시키지 않았
다. 선생님이 찾아와서 읍소를 해도 마찬가지였다. 자식만

여덟이었던 할머니에게 공부는 배부른 투정이었는지 모른다. 엄마는 공부를 하고 싶다는 열망으로 열두 살 어린 나이에 집을 뛰쳐나갔다. '안 시켜주면 내가 하면 돼!' 하면서.

세상이 열두 살 소녀에게 쉽고 만만했을 리 없다. 숱한 시련을 겪었을 텐데 엄마는 그 시절을 후회하는 얘기를 그 누구에게도 하지 않았다. 남의 집을 전전하며 고단하고 외로운 날을 보냈으면서도 자신을 돌본 이들을 원망하기보다 이해하려고 했던 앤처럼.

열렬히 삶을 살았기 때문일까. 엄마는 죽음 앞에서 "여한이 없다"고 말했다. 남겨진 이들은 그렇지 못했다. 엄마의 장례식날, 막내 외삼촌이 한이 되는 듯 했던 말을 잊을 수 없다.

"그때 니 외할머니가 잘못한 거여. 그 똑똑한 니네 엄마를. 공부만 잘 시켰으면 뭘 해도 했을 인물인디. 니네 엄마만 잘 밀어줬어도 우리 집안이 금방 일어섰을 거인디."

가끔 사진 속 젊은 엄마를 보며 상상해본다. 복숭아를 닮은 3자 이마에 얄브스름한 눈매와 야무진 입매, 희고 갸름한 얼굴을 가진 엄마의 젊은 날을. 엄마의 사랑을. 엄마 말로, 한때 엄마를 숱하게 따라다닌 남자들에게 찬바람 날 정도로 쌀쌀맞았던 엄마가 택한 사람은 요즘 말로 '츤데레' 매력이 넘치는 아빠였다. 아빠와 엄마의 나이 차는 무려 열세 살. 엄마는 말했다.

"아빠는 엄마가 말씨도 행동도 성숙해서 그렇게 어린 줄 몰랐대. 나도 네 아빠가 그렇게 나이 많은 줄 몰랐지."

가진 것 없이 결혼한 두 사람의 고단한 서울 생활은 조금도 나아지지 않았다. 오히려 딸린 입들이 늘어나면서 엄마의 노동은 더 늘어났다. 그러느라 두 번의 유산까지 해야 했다. 이쯤 되면 엄마들의 흔한 레퍼토리가 나올 법하다.

"네 아빠만 아니었어도 내 팔자가 이렇게 되진 않았을 텐데."

나조차도 남편과 싸우고 나면 안 되는 줄 알면서도 아이를 붙잡고 농담 반 진담 반으로 투덜거린다.

"엄마가 아빠를 잘못 골랐어."

엄마는 아니었다. 자신의 인생을 남편의 책임으로도, 누구의 책임으로도 돌리지 않았다. 엄마는 삶이 유난히 힘겹고 팍팍한 날이면 낮게 읊조릴 뿐이었다.

"이것도 다 내 팔자지."

엄마의 체념 어린 목소리는 쓸쓸했지만, 그런 엄마가 나는 어쩐지 존경스러웠다.

엄마들은 종종 딸에게 말한다. 나처럼 살지 말라고. 엄마는 단 한 번도 내게 그런 말을 하지 않았다. 생각해보니 엄마는 인생을 후회하는 발언을 싫어했던 것 같다. 자신마저 자신의 인생을 부정하면 지나온 세월을 모독하는 거라고 생각했을지도 모른다. 그건 인생을 온몸을 다해 온마음을 다해 달려본 사람만이 가질 수 있는 철학이었다.

그래서 나는 가끔 '엄마처럼 살지 않을 거야'라는 말 대신 조용히 혼잣말을 하곤 한다.

엄마처럼 살 수 있을까? 엄마 없이도 잘 살아갈 수 있을까?

대답처럼 앤이 전해준다. 사랑하는 매슈 아저씨를 잃은 앤에게 앨런 부인이 위로하며 했던 말.

> 매슈 아저씨는 살아 계실 때 네가 웃는 걸 좋아하셨고, 네가 주위의 즐거운 일 가운데서 기쁨이 되는 걸 발견하길 원하셨어. 아저씨는 지금 그저 멀리 계실 뿐, 여전히 네가 옛날처럼 지내길 원하실 거야.

딸의 남자를
사랑하는 방식

남편을 만나기 전 몇 번의 연애를 했다. 그때까지 한 번도 엄마에게 내 연애에 대해 이야기한 적이 없었다. 물론 남자 친구들의 얼굴도 보여주지 않았다. 내 사생활에 대해서는 조금의 간섭도 받기 싫은 결벽증 같은 게 있었다. 왠지 부끄럽기도 했고.

그런데 인연이 되려고 그랬던 걸까? 남편은 달랐다. 나는 그와 사귄 지 얼마 되지 않아 아무렇지도 않게 엄마에게 만나고 있는 사람이 있다고 했다. 엄마는 내가 생각한 것 이상으로 무척 반가워했다. 한번은 대학원 기숙사에 있는 그를 위해 김밥을 찬합에 가득 싸주기도 했다. 남자 친구와 뮤지

컬을 보러 간다고 하면 나보다 더 행복한 표정으로 말했다.

"즐거운 시간 보내!"

그래도 나는 그의 얼굴은 보여주지 않았다.

그러다 엄마와 남자 친구는 병원에서 처음 얼굴을 마주하게 됐다. 내가 갑상샘암으로 수술을 하게 됐기 때문이다. 그는 내가 암이라는 소식을 듣고 샤워하다 조금 울었다고 했다(연애 때는 다들 그런 거 아닌가). 아무튼 두 사람은 병실에서 서로 인사를 나누었고, 입원해 있는 4박 5일 동안 매일 얼굴을 봤다. 엄마는 입맛 없는 나를 위해서라고 했지만 실은 딸의 남자 친구를 의식해서 매콤달콤하게 무친 골뱅이를 비롯한 음식들을 싸서 날랐다. 남자 친구가 엄마의 솜씨에 감탄하며 먹을 땐 으쓱해했다. 남편은 싹싹했고, 엄마는 훤칠하고 시원시원한 딸의 남자 친구가 맘에 들었다. 딸을 사랑할 누군가가 나타났다는 사실에 흥분하고 감동한 것 같았다.

어렵다면 어려운 일을 겪으면서 그에게 의지했던 나는 그 일련의 시간들에 의미를 부여했다. 내 짝을 알아보라고 이런 시련을 주셨는지도 모른다고. 그는 나의 남편이 되었고, 엄마는 큰일을 해낸 사람처럼 뿌듯해했다.

우리 차 뒷좌석에 엄마를 태우고는 남편과 내가 가벼운 실랑이를 한 적이 있다. 지금은 다들 스마트폰으로 내비게이션 앱을 다운받지만 그때만 해도 내비게이션을 따로 설치하는 추세였다. 남편이 내게 졸랐다.

"내비 사자. 남들 다 있잖아. 엄청 편하대. DMB도 볼 수 있어."

"그런 거 보다 사고 나."

뒤에서 가만히 듣던 엄마가 조용하게 말했다.

"그럼 엄마가 사줄게."

나는 당황했다. 당시 내비게이션이 삼사십만 원 할 때였다. 엄마 형편이 어떤지 다 아는데 왜 저러나 싶고, 남편이 철없게 느껴졌다.

"아냐, 엄마. 그냥 한 소리야."

"네, 어머님. 없어도 돼요. 정말 신경 쓰지 마세요."

며칠 뒤 엄마한테 메일이 왔다.

박 서방 내비 사줘. 엄마가 돈 줄게.

엄마가 사주고 싶어. 한 40만 원이면 될까?

엄마가 돈 부쳐줄게.

사위 사랑은 장모라잖아. 엄마가 꼭 사주고 싶다.

돈 걱정 말고. 알았지?

몇 번이나 자신이 사주고 싶다고 말하던 엄마는 며칠 뒤 내게 봉투를 건넸다. 미안하고 고마웠다.

엄마는 사위가 좋아하는 총각김치를 일부러 담갔고, 잘 먹는 사위를 위해 아들들 집보다 우리 집 반찬을 더 넉넉하게 담아줬다. 딸과 사위의 생일이 다가오면(우리 부부의 생일은 6일 차이다) 두툼한 봉투를 주며 말했다.

"이걸로 박 서방 옷이라도 한 벌 제대로 사줘라."

"엄마, 나는?"

"네가 박 서방이고, 박 서방이 너지."

엄마의 환갑 기념으로 친척과 가족들이 모여 저녁을 먹던 날이었다. 남편은 조금 떨고 있었다. 그 자리엔 짓궂은 삼촌들이 있었다. 술을 좋아하는 삼촌들은 이때가 기회다 하며 젊은 조카사위에게 작정하고 술을 먹일 생각에 즐거워했다. 술이 세지 않은 남편이 걱정된 나는 엄마한테 SOS를 쳤다. 삼촌들이 조카사위를 불러대면, 엄마는 근엄하게 말했다.

"내 사위 내비둬라."

자리가 적당히 무르익자 사위가 쉴 자리를 따로 봐주셨다.

남편도 나도 철이 없던 신혼 시절, 한창 일하느라 바쁠 때 남편이 김치꽁치찌개를 해달라고 조른 적이 있다. 그날따라 일이 많아 피곤했던 나는 짜증을 냈고 우리는 싸웠다. 남편은 그걸 엄마에게 일렀다. 남편의 전화를 받은 엄마는 내게 전화를 했다.

"얼마나 먹고 싶으면 그랬겠니. 그냥 해줘. 어려운 것도 아니잖아."

엄마는 내 편이 아닌 남편의 편을 들었다. 그것이 엄마가 사위를 사랑하는 방식이었다. 아마도 엄마는 자신이 사위에게 잘해야 사위가 딸을 더 많이 사랑해줄 것이라고 생각했을 것이다.

가끔 궁금했다. 남편은 엄마가 사위를 얼마나 사랑했는지 알고 있을까. 때로는 안쓰러웠다. 사위 사랑은 장모라는데, 이 사람도 장모님의 빈자리가 허전할 때가 있겠지.

때때로 어쩔 수 없는 걸 알면서도 마음 어딘가에서 서성인다. 장모님의 빈자리를 나라도 채워주고 싶은 마음과 엄마의 빈자리만큼 남편한테 기대고 싶은 마음 그 어딘가에서. 오늘도 우리는 서로를 안쓰러워하기도 섭섭해하기도 하면서 티격태격 살아가고 있다.

문득 궤도를
이탈하고 싶어질 때면

일탈의 욕망은 아주 사소한 데서 시작된다. 이를 테면 이런 말들.

"너는 엄마가 큰소리를 낼 일을 한 적이 없어. 너한테는 잔소리 한 번을 한 적이 없다니까. 너는 그런 애였어."

학년이 올라갈 때마다 선생님들은 모두 비슷한 말을 가정통신문에 써주셨다.

"온순하고 성실함."

어릴 때는 아무 생각 없이 듣던 말들이 자라면서 슬슬 듣기 싫어지기 시작했다. 내가 그렇게 존재감이 없나. 아, 지루해. 온순하다가 뭐야, 촌스럽게.

조금씩 선 밖으로 나가고 싶은 마음이 꾸물거리더니 고등학교 2학년 무렵, 그 마음이 절정에 달했다. 내가 다니던 고등학교는 젊음의 거리, 대학로 바로 옆에 있었다. 나는 학교가 끝나면 새롭고 신나는 일들이 일어나길 기대하며 청춘과 낭만의 거리를 배회했다. 친구들과 마로니에 공원 계단에 앉아 길거리 공연을 시간가는 줄 모르고 볼 때도 많았다. 하루는 호프집에 들어가 맥주를 시켰다. 팔팔한 열여덟 살, 맥주 몇 잔에 취할 내가 아니었다. 그런데 친구는 달랐다. 갈지자로 걷던 친구는 이를 활짝 드러내고는 깔깔깔 웃으며 말했다.

　"어, 땅이 자꾸 나한테 인사해. 근데…… 세상이…… 세상이…… 너무…… 아름답지 않니?"

　처음 취해본 것 같은 친구의 주정이 귀여웠다. 알딸딸한 눈으로 대학로를 걷는데 드디어 내가 어른의 세상에 발을 내딛은 건가, 가슴이 조금 뛰었다. 우리의 첫 번째 음주 일탈은 모두 술을 깨고 무사히 집으로 귀가하는 것으로 끝이 났다.

　문제는 두 번째 음주 사건에서 발생했다. 세상이 아름답지 않느냐고 묻던 친구의 집에 몇몇 친구들과 놀러 갔다. 친구 집은 비어 있고, 친구 부모님도 그날 오시지 않는다고 했다. 우리는 이번에는 소주를 마셔보기로 했다. 친구가 소주 두세 병을 사온 뒤 은행을 구워서 안주로 내왔다. 맥주는 집에서 아빠가 주시는 걸 한두 잔 받아 마신 적은 있지만 소주는 처음이었다. 물처럼 맑은 소주는 알싸하고 강렬했다. 차가운 소주가 목구멍을 통과해 위장 어디쯤으로 흩어지는 게 짜릿하게 느껴졌다. 한 잔, 두 잔…… 소주병이 다 비워졌을 때, 머리가 어지러웠다. 속도 안 좋고 배도 아픈 것 같았다. 그대로 집에 간다는 건 말도 안 되는 일이었다. 엄마가 알면 기겁할 일. 나는 친구들에게 몇 번이나 내 목소리 괜찮냐고 물어본 뒤 집에 전화를 걸었다.

"엄마, 친구 집에 놀러 왔는데, 나 체한 것 같아. 막 토할 것 같고 배도 아프고. 오늘은 여기서 자고 가야 할 것 같아."

거짓말이 술술 나왔다. 엄마가 화를 낼 것만 같았다. '그러게 왜 늦게까지 친구 집에서 놀아. 당장 택시 타고 집에 와! 그런데 너 목소리 이상하다, 혹시 너 술……' 이러면서 엄마가 눈치 채는 건 아닐까 가슴이 조마조마했다. 그러나 내 걱정과 달리 엄마의 목소리는 너무나 다정하고 부드러웠다.

"또 체한 거야? 어떡하니? 많이 힘들어? 친구 집에 약은 있지?"

"응. 약 먹었고, 또 사다준대."

"일단 배 따뜻하게 해서 푹 자고, 일어나는 대로 와. 엄마가 안 가도 되겠어?"

"어, 뭘 와. 한잠 자고 일찍 갈게. 근데, 엄마……."

"응. 말해."

"미안해……."

"아픈 게 뭐가 미안해. 아프고 싶어서 아프냐. 얼른 쉬어. 무슨 일 있으면 전화하고."

전화를 끊고 친구의 침대에 누웠다. 천장의 형광등을 바라보는데 눈이 시린지 눈물이 나왔다. 소심한 일탈의 끝은 왜인지 외롭고 허무했다.

생각해보면 내게 일탈은 술을 마신 것도, 친구들과 미팅을 한 것도, 성인영화를 몰래 본 것도 아니었다. 내가 엄마에게 천연덕스럽게 거짓말을 한 것, 그게 내 나름의 큰 일탈이었다. 유쾌하지 않았다. 더구나 엄마는 내게 너무나 잘 속아 넘어갔다. 엄마는 한 치의 의심도 하지 않았다. 그 사실이 조금 두려웠다.

만약 엄마가 화를 냈다면, 다 커서 몸 관리 하나 제대로 못 하느냐고 짜증을 냈다면 나의 일탈은 어쩌면 조금씩 더 과감해졌을지 모른다. 하지만 나는 거짓말을 하면서 더 강하게 느꼈을 뿐이다. 엄마는 언제나 나를 사랑하고 있다는 것. 언제나 나를 걱정하고 있다는 것.

그렇다고 그 뒤 엄마에게 거짓말을 안 한 건 아니다. 남자친구를 사귈 때도 앙큼하게 아닌 척을 했고, 설명하기 귀찮은 일이 생기면 둘러대기도 잘했다.

소녀 시절이 지나간 후에도 종종 엇나가고 싶거나 삐뚤어지고 싶을 때가 여전히 많았다. 정해진 답을 따라 온순하고 착실하게 사는 일이 재미없게 느껴지는 날들도 있었다. 종종 궤도를 이탈하고 싶었고 이탈하기도 했다. 그러다가도 늘 돌아왔다. 여기가 어디인지 아무것도 보이지 않을 때, 어느 길이 맞는지 방향을 찾지 못할 때, 저 길 끝 어딘가에서 언제나 나를 기다리고 있을 엄마가 보였다. 그러면 길을 잃지 않을 수 있었다. 그건 지금도 여전히 유효하다.

누군가의 편이 되어주는 건
언제나 옳다

소나기가 세차게 내리는 날이면 어린 시절이 떠오른다. 엄마는 내가 초등학교에 다닌 6년 내내 한 번도 우산을 들고 교문에서 기다린 적이 없다. 덕분에 나는 굵은 빗줄기를 다 맞고 물이 뚝뚝 떨어지는 티셔츠를 빨래 짜듯 짜며 하교하는 일이 종종 있었다. 엄마는 말했다.

"비 좀 맞는다고 어떻게 되지 않아!"

사실, 비 맞는 일은 재미있었다. 이왕 버린 몸, 여기저기 웅덩이를 마구 뛰어다닐 수 있어서 신났다. 홀딱 젖어 달라붙은 옷과 머리를 보며 친구와 헤헤 웃기도 했다. 엄마 말이 맞았다. 비 좀 맞는다고 어떻게 되지 않았다. 비 때문에 감기에 걸린 적은 없었으니까. 오히려 비 맞던 기억은 재미있고 그리운 추억으로 남았다.

우산 한 번 들고 온 적 없는 엄마는 좀처럼 선생님을 찾아가는 법도 없었다. 엄마가 학교에 갈 때는 딱 두 번이었다. 전학시킬 때와 졸업할 때. 당연히 그 시절 흔하던, 봉투를 내미는 법도 없었다. 그럴 돈도 물론 없었지만.

6학년 때였다. 대학을 졸업하고 갓 부임한 앳된 여자 선생님이 우리 반 담임이 되었다. 선생님은 우리를 처음 만난 날 말씀하셨다.

"너희들 중에서 몇 명이나 대학을 갈 것 같니? 잘 알아둬. 여기서 두세 명이나 가능할까? 그게 현실이야. 지금 한번 잘 생각해봐. 너희들 자신이 그 두세 명에 들어갈 것 같은지."

곧 중학교에 가게 될 6학년 아이들의 학구열을 불태우기 위해서 일부러 한 말씀이었을까? 때때로 그 말씀이 생각나곤 했는데, 그때마다 기분이 썩 좋지 않았다. 어째서 아이들의 미래를 마음대로 예단하는 거지? 어린 마음에도 선생님이 옳지 않다는 생각이 들었다(실제로 선생님의 예상은 틀렸다. 훗날 동창회에 나가 보니 그보다 더 많은 친구가 대학을 졸업했다).

내가 생각하는 정의에 어긋나는 일은 또 있었다. 선생님은 한 아이를 다른 아이들보다 유독 예뻐했다. 그게 티가 많이 났다. 반 아이들도 선생님이 누구를 가장 좋아하는지 다 알고 있었다. 차별에 민감한 나이였다. 나는 엄마한테 일렀다. 때마침 면담 기간이었고, 좀처럼 학교를 찾는 일이 없던 엄마는 처음으로 선생님을 만났다. 엄마가 선생님께 어떤 이야기를 했는지는 모르겠다.

엄마가 찾아간 뒤 상황은 달라졌을까? 전혀 아니었다. 오히려 역효과였다. 초보 선생님은 마음을 감추는 데 아직 서툴렀고 나를 보면 불편해하는 게 느껴졌다. 1학기에는 전 과목 '수'를 받았는데 2학기에는 예체능에서 '우'를 받았다 (예체능은 알다시피 선생님의 주관이 들어가는 실기 평가가 많다). 계주를 할 정도로 운동신경이 둔하지도 않고 그림을 그릴 때마다 뽑혀서 교실 뒤에 걸리던 생각을 하면 납득하기 힘든 결과였다. 엄마는 성적표를 들고 한마디 했다.

"쳇!"

어이없다는 표현이었다. 화가 날 때 누가 대신 화를 내주면 화가 나지 않는다. 나도 그랬다. 그 일을 통해 새삼 느꼈다. 엄마는 내 편이구나. 엄마는 나의 '빽'이구나.

화나고 억울하고 두려울 때마다 엄마에게 말하고 나면 괜

찾아지곤 했다. 언젠가 등을 돌린 친구 때문에 속상해할 때 엄마는 상황을 시원하게 정리해줬다.

"그게 지 복을 발로 찬 거야. 너 같은 친구가 어디 있게?"

내 편은 또 있었다. 아빠. 시간이 지나도 한결같이 초보 운전인 내가 험한 운전자에게 욕이라도 먹고 들어오는 날이면 말없던 분이 그 자리에서 거친 욕을 한 사발 쏟아내셨다. 듣고 나면 언제나 체증이 뚫리듯 속이 시원했다.

어느 영화에서 그랬던가. 세상에 내 편 하나 있으면 살아지는 게 인생이라고. 그 말에 동감한다. 인생이 크고 작은 돌을 계속 던져도 사는 일이 한결 수월하게 느껴지던 그런 때가 내게도 있었기 때문이다. 세상이 다 등을 돌려도 내 편을 해줄 엄마가 함께하던 시절.

그 시간들은 오늘도 나를 누군가의 오롯한 편이 되어주게 한다. 유치원에서 돌아온 아이가 "엄마, 오늘 주온이가 말이야" 하고 친구를 일러바치면 일단(상황 설명과 교육은 뒤로 미루고) 눈썹에 힘을 빡 주고 분위기를 한번 잡는다.

"우리 아들한테 누가 그랬다고? 엄마가 출동 좀 해야겠는데!"

아이는 킥킥대며 웃다가 금세 잊고는 말한다.

"엄마, 나 TV 봐도 돼?"

언제나 내 편이던 엄마가 그랬듯, 나는 이제 아들의 편이
되어주며 산다. 이것은 내 삶이 사랑을 받는 삶에서 사랑을
주는 삶으로 이동했다는 것을 뜻한다. 이 삶도 참 괜찮다.
누군가의 편이 되어주는 건 역시 언제나 옳다.

이 세상에서
나를 가장 잘 아는 사람

청년은 대학을 휴학하고 아르바이트를 하면서 생활하는 중이었다. 저녁으로 뭘 먹을까 생각하다 스팸을 보며 마음을 굳히고 있을 때 초인종이 울렸다.

"안녕하세요, 저는 가수 김윤아라고 하는데요. 저녁 드셨나요?"

연예인이 무작위로 일반인의 집을 찾아 저녁 한 끼를 함께 먹으며 이야기를 나누는 방송 프로그램. 청년은 별 망설임 없이 문을 열어줬다. 김윤아와 프로그램 MC인 개그맨 이경규가 들어왔다. 두 사람은 청년의 집에 대한 약간의 탐색을 한 뒤 같이 저녁을 차렸다. 저녁을 다 먹어갈 때쯤, 이경규가 물었다.

"꿈이 뭐예요?"

청년의 대답은 의외였다.

"폐 끼치지 않고 사는 거요. 시골에서 고양이 한 마리랑 살고 싶어요. 1인분의 삶이라도 제대로 살 수 있다면 좋겠어요."

청년답지 않은 느긋한 대답에 귀가 번쩍 뜨였다. 그가 궁금해졌다. 어떤 사람일까?

이경규는 청년의 엄마에게 전화를 걸어 아들에 대해 물었다.

"이 시대의 아이들이 가지고 있지 않은 감성을 가진 아이예요. 묵직한 힘이 있죠."

더 이상 설명하지 않아도 그가 어떤 사람인지 알 것 같았다. 90년대에 태어난 청년이 자우림의 초창기 음악을 알고 있는 것도, 서울이 어떤 곳인지 한 번은 느껴보고 싶어서 자취하고 있다는 말도, 저녁 반찬이 스팸 하나지만 그저 편안해 보인 이유도 이해가 되었다. 청년의 엄마는 아들을 잘 알고 있었다. 아들을 그대로 인정하고 사랑하는 게 느껴졌다. 엄마들은 자식을 두고 말한다. 내가 낳았지만 그 속을 모르겠다고. 하지만 세상에서 나를 가장 잘 아는 사람은 역시 엄마가 아닐까.

결혼 초였나. 엄마는 농담처럼 웃으면서 사위에게 말했더랬다.

"박 서방, 얘를 작가로 잘 좀 키워줘."

그때는 그 말이 엄마의 오지랖이라고 생각했다. 내 일은 내가 알아서 하는 거지 왜 저러시나 싶었다. 가정을 꾸리고서야, 엄마가 왜 그런 부탁을 한 건지 비로소 이해했다. 대한민국에서 아내로, 엄마로 살아가면서 자기 일을 지켜나간다는 건 얼마나 어려운 일인가. 괜히 경력 단절이라는 말이 나오는 게 아니다. 엄마는 그래서 부탁하고 싶었는지 모른다. 딸의 행복을, 글 쓰는 딸을 언제나 이해해주고 지지해주기 바란다고.

상견례 때 생각도 난다. 엄마가 시어머니를 붙잡고 부탁하듯 했던 말.

"얘가 말도 없고 찰싹 달라붙는 애도 아니에요. 그래도 오래 두고 보시면 따뜻한 아이라는 걸 아실 거예요. 다른 건 몰라도, 속이 깊고 진심이 있는 아이예요. 시간을 갖고 지켜

봐주세요."

엄마가 무엇을 걱정하는지 알고 있었다. 엄마는 언뜻 차분해 보이는 내 외모와 성격이 차갑게 느껴질 수 있다는 걸 알고 있었다. 낯설다면 낯선 시댁의 공간에서 꾸어다 놓은 보릿자루처럼 서 있다가 시댁 식구들이 혹여 딸의 마음을 오해하실까, 딸의 진심을 몰라주실까 염려했던 것이다.

걱정과 달리 내가 시어머니와 통화를 할 때마다 끝소리를 솔 톤으로 올리며 "네, 어머니임~" 하는 걸 듣고 엄마는 웃었다. 그러면서도 짠한 마음을 감추지 못했다.

"어쩜 그렇게 전화를 예쁘게 받니? 너 그런 목소리 처음 듣는다."

나는 의식하지 못했던 나의 목소리. 잘 보이고 싶고 예쁨 받고 싶은 마음이 내 목소리에 묻어 있다는 걸 엄마는 금방 알아챘다.

신혼의 좌충우돌 기간을 건너 나의 생일날, 시아버지로부터 문자를 하나 받았다.

자세히 보아야 예쁘다.

오래 보아야 사랑스럽다.

너도 그렇다.

나태주 시인의 「풀꽃」이란 시였다. 오래 두고 지켜봐달라는 엄마의 당부에 대한 답처럼 느껴진 문자였다. 감사했다. 그 문자를 엄마한테 보여줄 수 있다면 좋았을 텐데.

가끔, 엄마의 말을 생각한다. 진심이 있는 아이라는 말.
거짓이 없는 참된 마음과 진심을 어떻게 해야 품을 수 있을까. 어떻게 해야 지켜나갈 수 있을까. 어떻게 해야 진심이 담긴 글을 쓸 수 있을까.

나이는 쉽게 먹어지는데 사는 일은 여전히 어렵게 느껴진다. 그럴 때마다 더 단순해지려고 한다. 사람을 대하는 일 앞에서는 더욱. 손해 보지 않으려면 어떻게 해야 하는지, 상처받지 않으려면 어디까지 다가가야 하는지, 나를 몰라주면 어쩌지 하는 복잡하고 어지러운 생각 때문에 나의 진심을 잃지 않았으면 한다. 그래서 사람의 마음과 마음 사이에서 울고 웃는 인생을 겁내지 않고 기쁘게 생각하며 살아갈 수 있었으면 한다.

말하지 않아도
무슨 말을 하고 싶은지 다 알아

여섯 살 아들이 물었다.

"엄마, 할아버지는 몇 살이야?"

"67세."

"한글로는?"

"예순일곱."

"90은?"

"아흔."

"엄마, 아흔까지 살 수 있겠어? 아니, 110살까지 살 수 있 겠어?"

하늘나라로 떠난 할머니와 할아버지(엄마의 엄마와 아빠)

를 인지하면서부터 아들에겐 걱정이 생겼다. 엄마도 죽으면 어쩌지 하는 걱정. 아직 죽음을 실감하거나 걱정할 나이가 아닌데. 마음이 짠해져서 아들을 안고 소원을 빌 듯 말했다.

"노력해볼게. 아니, 꼭 그렇게 할게."

아이를 다독이는데 한 소설 속의 엄마가 떠올랐다. 열두 살 된 아들 코너를 두고 떠나야 했던 젊은 엄마. 병세가 점점 악화돼 죽음이 가까이 온 엄마를 앞에 두고 화가 난 듯 말없이 고개를 숙인 아들에게 엄마는 말한다.

> 언젠가 이때를 돌아보고 화를 냈던 것에 대해 후회가 들더라도, 엄마한테 너무 화가 나서 엄마랑 이야기하지 않으려고 했던 게 후회가 되더라도, 이걸 알아야 한다, 코너. 그래도 괜찮았다는 걸 말이야. 정말 괜찮았다는 걸, 엄마가 알았다는 걸. 네가 아무 말 하지 않더라도, 엄마는 네가 무슨 말을 하고 싶은지 다 알아, 알겠지?
>
> _패트릭 네스, 『몬스터 콜스』

아들과의 이별 앞에서 마지막으로 전하는 엄마의 마음.

나한테 100년이 있었으면 좋겠다. 너한테 줄 수 있는 100
년이.

엄마도 내게 100년을 선물해주지는 못했다. 엄마는 예순
한 살의 나이에 세상을 떠났다. 엄마의 여명을 통보받던 날,
젊은 주치의는 무심한 말투로 말했다.

"예순이면 살 만큼 사셨잖아요."

아직 아이도 안겨드리지 못했는데. 엄마는 이제야 자유
로워지려고 하는데. 그는 말했다. 살 만큼 살았다고.

엄마의 병명은 골수이형성증후군. 혈액을 만드는 기능이
손상되어 있었다. 엄마는 자식들의 소원대로 조혈모세포 이
식(골수 이식으로 알려진 치료법)을 받느라 세포를 죽이는 독
한 화학약품을 몸속에 밀어 넣었다. 민머리를 해야 했고 무
균실에 격리된 채 구토와 섬망에 시달렸다. 이식 한 달 만
에, 애쓴 보람도 없이 담당 교수가 엄마의 재발 소식을 알렸
다. 나는 그때 엄마의 얼굴을 차마 보지 못했다. 엄마는 교
수의 말에 쓸쓸하게 말했다.

"짐작했어요……. 우리 딸 얼굴이 백지장처럼 하얗게 됐
잖아요."

수녀님인 막내이모가 엄마를 찾아왔다. 내가 차마 할 수 없었던 그 말. 이제 삶을 정리해야 할 시간이라는 그 어려운 말을 수녀님께 맡겼다. 기력이 쇠진해 귀마저 잘 들리지 않던 엄마는 힘은 없지만 담담한 목소리로 말했다.

"내가 조금 더 잘 들리고 잘 말할 수 있을 때 이 얘길 들었으면 좋았을걸."

그리고 천주교 묘지에 묻혔으면 한다고, 훗날 아빠의 자리도 함께 마련해달라고 말했다. 수의를 입힌 뒤 너무 꽁꽁 싸매지 말라고, 답답할 것 같다고 했다. 수녀님은 수첩에 엄마의 유언을 몇 가지 정리해서 내게 주었다. 수첩의 마지막 한 줄은 이렇게 적혀 있었다.

"희야(나의 아명)를 잘 보살펴줄 것."

엄마의 몸은 급속도로 나빠지기 시작했다. 실낱같은 희망을 놓아버리고 현실을 인정하자마자 기다렸다는 듯 복수가 차오르고, 눈에 황달이 나타났다. 그리고 극심한 두통과 구토에 시달렸다. 의료진이 엄마의 코에 주사 줄을 집어넣어 위장에 연결했다. 내장을 비워 구토를 막기 위해서였다. 주사줄을 타고 흐르던 진초록빛 담즙은 고통의 색깔이었다. 결국 고통을 누르기 위해 모르핀을 투여했고 엄마의 의식도 흐려지기 시작했다.

돌아가시기 이틀 전, 기적처럼 엄마는 잠시 맑은 정신으로 돌아와 침대에 일어나 앉았다. 삶이 지독히도 위태로운 순간에 사람들은 종종 초인적인 능력을 발휘한다고 들었다. 그때의 엄마도 그랬던 게 아닌가 싶다.

식구들이 한 명씩 들어가 엄마와 마지막 인사를 나눴다. 엄마는 아빠에게 말했다.

"누구 남편인지 참 멋쟁이시네……. 당신만 괜찮으면…… 나는 괜찮아."

울먹이는 작은오빠에겐 다짐하듯 말했다.

"씩씩하게 살아야 해!"

첫사랑인 큰아들에겐 차마 아무 말을 전하지 못했다.

엄마와 나만의 시간, 내가 먼저 입을 열었다.

"엄마, 되게 멋있는 사람이었던 거 알지? 엄마 진짜 멋지게 살았어!"

엄마는 호탕함을 잃지 않고 기운을 끌어모아 말했다.

"알지."

더는 어떤 말도 이어나가지 못했다. 엄마는 이 말로 내게 마지막 인사를 대신했다.

"최고! 우리 딸 최고!"

엄마에게 말하고 싶었다. 이것이 우리의 마지막이라고. 엄마는 이제 죽는다고. 그렇지만 보내고 싶지 않다고. 그런 나를 아빠는 막으셨다. 지금도 충분히 힘든 엄마를 괴롭히지 말자고, 충격주지 말자고 말렸다.

우리의 이별식이 끝나고 엄마의 의식은 다시 혼미해졌다. 가끔 타는 목마름 때문에 물을 찾았지만, 물이 기도로 넘어가면 위험하다는 권고에 물을 적신 거즈만 입에 물 수 있었다. 독한 진통제에 취해 있다가도 고통에 겨워 거친 숨을 쉬는 엄마를 보며 나는 생각했다. 이제 그만 엄마가 편해지기를. 엄마의 고통이 멈추기를. 이 모든 게 제발 끝이 나기를.

내 바람 때문이었을까. 엄마는 마지막 숨을 깊게 들이마셨다. 나는 엄마의 귀 가까이 다가가 무릎을 꿇고 토해내듯 말했다.

"이렇게 아픈데 아무것도 못 해줘서 미안해요."

엄마의 얼굴에서 보라색 핏기가 빠르게 빠져나갔다. 눈물이 나지 않았다. 이제 다 끝났다는 안도감 때문이었을까. 아니면 내 영혼도 같이 탈진해버린 것이었을까.

그 후로 오랫동안 앓았다. 슬픔과 고통을 억눌렀고 마음을 잡지 못했다. 아픈 엄마를 돌보는 딸이 힘들까 봐 그렇게 서둘러 떠난 것일까. 무리한 이식을 받지 않았다면 그토록 고통받는 일은 없지 않았을까. 아픈 질문들은 계속 나를 파고들었다. 아무리 애를 써도 일어날 일은 일어나고 마는 삶에 대해 절망했다. 그 마음을 털어놓을 데가 없었다. 마지막 순간, 서로가 받을 상처가 두려워 '죽음'에 대해 엄마와 나눌 수 없었던 이야기들은 회한으로 남았다.

7년이 지난 즈음, 엄마가 꿈에 나타났다. 맥락 없는 꿈의 파편들 속에서 엄마의 이 말만은 또렷하게 기억난다.

"잘했어. 너는 할 만큼 다했어. 최선을 다했어. 우리 딸은 언제나 최고였어."

나는 그제야 못다 한 울음을 터뜨렸다.

엄마도 '코너'의 엄마처럼 말하고 싶었던 걸까? 엄마는 네 마음 다 안다고. 어떤 것도 후회하지 말라고. 괜찮다고.

그때였다. 이별의 그늘에서 빠져나와 내 인생을 다시 살기 시작한 것은.

여기가 어디인지 아무것도 보이지 않을 때,

어느 길이 맞는지 방향을 찾지 못할 때,

저 길 끝 어딘가에서

언제나 나를 기다리고 있을 엄마가 보였다.

그러면 길을 잃지 않을 수 있었다.

여보세요,
엄마?

"따님이신가 봐요."

백미러에 걸린 기사와 딸이 함께 찍은 사진을 보고

택시를 탄 남자가 물었어.

남자는 사진을 보며 이내 어디론가 전화를 걸었는데,

통화는 바로 음성사서함으로 넘어가버려.

"영은이가 보고 싶은 분들은 음성을 남겨주세요."

앳된 목소리, 아마도 딸인 것 같아.

그런데 남자는 목소리를 듣고 살짝 웃기만 하더니

말없이 핸드폰을 닫았다가 또 다시 걸기만 해.

그리고 가만히 한 번 더 딸의 목소리를 들어.

택시에서 내린 남자의 뒷모습 뒤로 그제야 남자가 못다 한 말이 흘러.

"우리 딸, 하늘에서도 잘 지내지?"

오늘 우연히 유튜브로 본 동영상이야, 엄마.

실제 있었던 이야기래.

엄마, 내 핸드폰에도 여전히 엄마의 번호가 저장되어 있어.

전화번호 검색을 하다가 가끔 '엄마'가 나올 때가 있는데,

그때마다 가슴이 찌릿해.

한번은 엄마 번호로 나도 모르게 전화를 했다 끊은 적도 있어.

엄마의 핸드폰은 이미 해지했고

전화를 하면 낯선 이가 받을 걸 알면서 왜 그랬을까.

나는 벨이 울리기도 전에 전화를 끊어버렸지.

잠시 후에, 문자가 하나 왔어. 발신자는 '엄마'.

"혹시 전화하셨나요?"

나는 잠시 고민하다 답장을 했어.

"죄송합니다. 엄마가 쓰던 번호라 무의식적으로 눌렀나 봐요."

그랬더니, 다시 답장이 왔어.

"여쭤봐도 되는지 모르겠는데, 어머니가 혹시⋯⋯."

"네. 돌아가셨어요."

잠시 몇 분이 흐르고, 다시 문자가 하나 도착했어.

"그립거나 보고 싶으실 땐 언제든지 문자 남기셔도 됩니다."

마음은 고마웠지만, 그러지는 못했어.

그런데 엄마, 가끔 못 견디게 문자를 보내고 싶을 때가 있어.

사랑한다고. 잘 있느냐고.

나는 오늘도 엄마의 안부가 너무나 궁금해.

2장

내 사랑이
위로가 되나요?

벚꽃 엔딩

엄마는 아빠에게 입버릇처럼 말하곤 했다.

"박덕규는 이영옥이 없으면 시체지."

엄마 말이 맞았다. 엄마가 떠나고 홀로 남겨진 아빠는 세상을 잃은 모습으로 서 계셨다. 남편과 나는 아빠 집 옆으로 이사를 했다. 엄마를 잃은 슬픔을 아빠와 나누고 싶었다. 우리는 세상에서 가장 사랑하는 사람을 잃었다. 그것은 우리만의 슬픔이었다. 서로가 있다는 것으로 힘을 내고 싶었다.

그런데 아빠가 이상했다. 엄마가 떠난 충격과 환경의 변화 때문인지 가끔씩 사소한 일들에 어려움을 겪으셨다. 아파트 동과 호수를 몇 번이나 말씀드려도 자꾸 잊어버리셨고, 아무리 가르쳐드려도 딸의 집 현관 벨을 누르지 못하셨다. 몇 달 뒤, 아빠에게 저혈당 쇼크가 왔다. 검사를 하다가 알츠하이머가 진행 중이라는 걸 알게 됐다. 다행히 생활이 안정이 되자 아빠의 뇌 속에 살아 있는 신경세포들이 부지런히 제 역할을 해줬다. 병세는 더 진전되지 않았고 사소한 기억들도 다시 제자리를 찾았다.

1년이 지났을까. 문득 아이를 가져야겠다는 생각이 들었다. 어느새 나이는 30대 후반. 한 번의 유산을 겪은 후에 아이가 찾아왔다. 아이의 태명을 '새별'이라고 지었다. 상실의 상처가 남은 자리에 반짝이는 희망이 싹트길 바라면서.

태아가 8주쯤 되었을 때 아빠가 소파에서 떨어져 허리를 심하게 다치셨다. 확인을 위해 엑스선을 찍었는데 설상가상으로 폐암이 발견됐다. 아이는 자라고 아빠는 스러져가는 현실. 질곡의 시간들을 다시 겪을 생각을 하니 주저앉고만 싶었다. 폐암 3기 말. 의사는 6개월을 말했다.

나는 엄마가 투병할 때 적극적인 치료를 받는 걸 주장했다. 엄마는 몸은 약해도 정신력이 강한 사람이었다. 이겨낼 거라고 믿었다. 엄마를 보내면서 뒤늦게 깨달았다. 사랑하는 사람에게 시간이 얼마 남지 않았을 때, 얼마나 더 많은 시간을 같이할 것인가가 아닌, 얼마나 의미 있게 시간을 보낼 수 있는가를 고민해야 한다는 사실을. 아빠는 아내를 잃고 약해질 대로 약해져 있었고, 생의 의지를 불태우고 있는 것도 아니었다. 우리는 항암 치료를 포기하고 가족과 함께 남은 시간을 보내기로 결정한 아빠의 뜻을 존중하기로 했다.

아빠는 생각보다 잘 견뎌내셨다. 의사는 6개월을 말했지만, 2년 가까이 평범한 일상을 누리셨다. 그 사이 아이가 태어나면서 아빠는 바빠졌다. 엄마 없이 출산한 딸이 허덕일 때마다 소문난 음식점으로 달려가 음식을 포장해 오셨다. 나는 아빠가 사다 주신 장어덮밥, 족발, 삼계탕, 설렁탕을 먹고 아이에게 젖을 먹였다. 아이가 돌을 지나 걷고 뛰어다닐 무렵, 아빠는 급격하게 마르면서 기력을 잃기 시작했다. 마치 자신이 할 일은 다하셨다는 듯.

어느 날, 아빠는 마지막으로 손주들에게 어린이날 선물을 주고 싶다며 힘겹게 집을 나섰다. 봄날이라고는 믿기지 않을 정도로 바람이 거칠고 차가웠다. 벚꽃이 소용돌이칠 정도로 스산한 바람을 맞으며 아빠와 함께 동네 가까운 문방구에 갔다 돌아오는 길. 아빠의 숨 가쁘고 위태로운 걸음을 쉬게 하려고 몇 번이나 벤치에 앉아야 했다. 덕분에 아빠와 긴 이야기를 나눌 수 있었다. 아빠는 한 번도 털어놓지 못한 속마음을 얘기하셨다.

"자꾸 죽은 친구들이 꿈에 보인다. 기분이 안 좋아."

나도 느끼고 있었다. 아빠는 늘 같은 시각에 산책을 나가셨다. 낮잠이 든 아이 곁에서 잠시 쉬고 있으면 아빠가 현관문 소리를 내며 들어오시곤 했다. 한번은 갑자기 울음이 북받쳤다. 언젠가 저 소리도 듣지 못하겠지. 부재의 슬픔을 예감했던 거다. 그날의 기억을 밀어내며 나는 애써 차분하게 얘기했다.

"아빠, 언젠가 떠날 수도 있겠지. 그런데 아직 아닐 수도 있잖아. 손주 크는 거 더 보면 좋잖아. 마음은 비우더라도 희망을 놓치는 말자."

"그치, 보고 싶지. 근데 침대에 누우면 생각한다. 이대로 자다가 그냥 갔으면 좋겠다고. 딸 힘들지 않게."

"아빠, 난 아빠가 있어서 너무 좋아. 안 그랬으면 우리 아들 어떻게 키웠게. 아빠가 맛있는 거 안 사다줬으면 맨날 굶었을걸."

"내가 한 게 뭐 있냐."

"아빠가 있어서 정말 다행이었어."

또 다시 큰 바람이 일었다. 땅을 굴러다니던 벚꽃잎들이 내 마음처럼 어지럽게 날아다녔다.

아빠와의 마지막 데이트가 끝나고 며칠 뒤, 가족들이 모여 마지막 식사를 했고 아빠의 오장육부는 곧 힘을 잃었다. 방에서 가까운 화장실로 가서 일을 보시는 일도 힘에 부쳤다. 하루는 아빠의 용변을 치우느라 무릎을 굽혀 바닥을 닦는데 아무것도 모르는 두 살배기 아들이 내 등에 올라탔다. 더 이상은 힘들겠구나, 이제 내 힘으로 아빠를 돌보는 건 무리구나, 나는 죄를 짓는 마음으로 오빠들에게 전화를 했다.

"더 이상은 안 되겠어."

아빠는 다음 날 호스피스 병동에 입원하셨다. 한 달 뒤, 아빠의 상태가 좋지 않다는 연락을 받고 병원으로 뛰어갔다. 아빠는 거친 숨을 몰아쉬고 계셨고, 진통제 투여는 거부하셨다. 마지막까지 맑은 정신으로 있다 가시고 싶었던 것 같다. 다시 이별이 다가오고 있었다. 이번에는 놓칠 수 없었다. 나는 아빠의 따뜻한 손을 잡고 귓속말을 했다.

"아빠, 내 곁에 있어줘서 고마워요. 아빠가 있어서 정말 좋았어요. 행복했어요."

아빠를 잘 보내드리고 싶었다. 그래도 여전히 많은 후회가 남는다. 그럴 때마다 나는 스스로를 다독인다. 이 정도 여한도 없이 부모를 떠나보내는 사람은 없을 거라고. 사랑했던 만큼 누구에게나 작별은 안타까운 거라고.

아빠의 입관식이 있던 날, 내 옆에 있던 이모 수녀님이 했던 말씀이 기억난다.

"희야, 아빠 좋은 데 가실 거야. 금방 아빠 얼굴을 보는데 엄마 얼굴이 크고 환하게 보이더라."

아빠를 데리러 온 엄마는 아빠에게 뭐라고 했을까? 이렇게 말했을까?

"여보, 나 대신 수고했어. 애썼어. 이제 우리 할 일은 다 했으니 갑시다."

엄마밖에 모르던 아빠가 다시 행복해지셨기를.

나는 날마다 기도한다.

"하늘에 계신 두 분께 언제나 은총과 평화가 함께하게 해주세요."

엄마를 기쁘게 해주는 일이
행복했어

"넌 언제가 행복해?"

아들한테 물으니 1초도 안 돼 돌아온 대답.

"엄마가 웃을 때. 난 엄마가 슬플 때가 제일 슬퍼."

아이를 키우다 보면 이런 순간들이 있다. 마음이 몽글몽글해지는 순간. 그럴 때마다 가끔 궁금해진다. 나는 엄마한테 어떤 아기였을까.

부모님이 안 계시면 서글픈 것 중 하나. 내 어린 시절을 기억하는 사람이 없다는 것이다. 오빠들이 있지만 고만고만한 나이 차라 세 살, 네 살, 다섯 살, 가장 귀엽고 예쁠 그 나이의 나를 기억하고 있는 사람은 이제 없다. 그때의 나는 엄마를 어떻게 행복하게 했을까?

엄마에게 물은 적이 있다. 엄마는 우리 키우면서 언제가 제일 행복했느냐고. 엄마는 우리 세 남매를 깨끗하게 씻기고 이불 위에 나란히 눕혀 재운 뒤, 자는 모습(역시 아이들은 잘 때가 제일 예쁘다)을 바라볼 때 세상 부러울 것 없는 마음이 들었다고 한다. 나도 그랬다. 쓰나미가 지나간 것처럼 육아로 정신없는 하루를 마치고 순하게 자는 아이의 모습을 보고 있자면 이런 생각이 들었다. 이게 행복이고 이게 사는 거지. 행복이, 사는 게 뭐 별건가. 때로는 어느 소설의 주인공 같은 마음이 들기도 했다.

> 아이는 저만의 숨으로, 빛으로 여자를 지켰다. 이 세상의 어둠이 그녀에게 속삭이지 못하도록 그녀를 지켜주었다. 아이들은 누구나 저들 부모의 삶을 지키는 천사라고 여자는 생각했다.
>
> _최은영, 「미카엘라」, 『쇼코의 미소』

엄마에게도 우리가 삶을 지키는 천사였을까?

잘은 모르지만, 엄마는 내가 기억하지 못하는 꼬맹이 시절의 나를 이야기하며 많이 웃기는 했다. 엄마가 식당을 하던 시절, 홀 안에 딸린 작은 방에서 놀던 나는 식구들 중 제일 먼저 손님이 오는 걸 알아차렸다고 한다. 문소리만 나면 다급한 목소리로 외쳤단다.

"엄마! 손님! 엄마! 손님!"

그때가 세 살 때였을까, 네 살 때였을까. 손님이 온 것을 알리는 것이 마치 자신의 큰 의무인 양 쪼끄만 딸이 잔뜩 귀를 기울이다 크게 외치는 게 꽤나 신통하고 기특했던지, 엄마와 아빠는 두고두고 이 이야기를 해주셨다.

엄마는 또 말했다.

"넌 어디 가서 놀다 올 때도 엄마에게 걱정 한 번을 안 시켰어. 나가기 전에도 몇 번이나 말하는 거야. 엄마, 잠깐만 놀다올게, 아주 잠깐만 놀다올게. 그러고 한 5분이나 놀고 왔을까? 금방 와서는 엄마, 나 금방 왔지? 하고 손에 묻은 흙을 탈탈탈 몇 번이나 털었는지 아니?"

별달리 인상에 남는 사건도 아닌데, 엄마는 나한테 이 이야기를 해주고 또 해주곤 했다. 어린 오빠들에 대해서 하던 이야기도 기억난다. 자동차도 사주고 집도 사주겠다고 엄마에게 제일 많이 공수표를 날리던 큰오빠는 장난기도 애교도 많은 아이였고, 엄마가 없을 때 막내인 내가 오줌을 싸면 서 툰 걸레질을 하며 치우던 속 깊은 작은오빠는 티셔츠를 바 지 안으로 꼭 넣어 입는 야무진 아이였다고 한다. 엄마는 그 기억을 다 가져갔을까?

엄마가 우리를 사랑하는 일이 행복했던 것처럼, 나 또한 엄마를 기쁘게 해주는 일이 행복하다고 내가 엄마에게 말한 적이 있던가.

엄마가 좋아하는 간장게장을 포장해서 택시를 타고 달려 가던 일. 맛있는 빵집을 발견하면 갓 구운 빵을 들고 설레는 맘으로 엄마를 찾던 일. 명절 선물로 받은 굴비를 엄마 줄 생각에 무거운지 모르고 발걸음도 가볍게 집에 들고 가던 일. 아르바이트로 원고를 쓰고 목돈이 생기면 엄마에게 내 밀며 "자, 용돈이야. 맘껏 써!" 하고 같잖은 거드름을 피우 던 일. 멋진 영화가 개봉하면 극장표를 예매해서 엄마 아빠 의 데이트를 계획하던 일. 첫눈이 내리면 놓치지 말라고 전 화를 하던 일. 엄마의 팔짱을 끼고 숱하게 드나들던 병원 나 들이. 그 모든 일이 다른 무엇보다 신나고 행복했던 건 엄마 가 내 사랑의 가치를 알아줬기 때문이다. 엄마는 딸의 별것 아닌 작은 선물도 귀하게 여겼고, 때때로 "이렇게 받기만 해서 어쩌니?" 눈물을 글썽이며 미안해하고 고마워했다.

엄마를 통해 나 아닌 '누군가를 기쁘게 하는 일'이 나 자신을 얼마나 행복하게 하는지를 배웠다. 또 아이들이 정말 원하는 건 다른 무엇보다 엄마의 기뻐하는 모습이라는 사실도 알게 됐다.

어머니를 기억하기 위해 그림을 그렸다는 화가 샤갈은 어머니의 무덤 곁에 있는 자기 모습을 그린 스케치를 자서전에 실으면서 물었다. 다른 세상에서, 낙원에서, 구름에서, 어디든 계신 곳에서 자신의 사랑이 어머니께 위로가 되느냐고.

내가 무척이나 묻고 싶었던 말.

내 사랑이 엄마한테 위로가 되나요?

언젠가 당신에게
꼭 전하고 싶었던 말

생각해보면 참 다행이다. 내가 라디오 작가였다는 사실이. 내가 맡은 방송 가운데 〈골든팝스〉는 엄마 아빠가 청춘 시절에 듣던 흘러간 팝을 들려주는 프로그램이었다. 두 분은 추억의 음악을 들을 때마다 행복하다고 하셨다. 나이 지긋한 다정한 DJ는 방송 중간중간 "애희 작가가요~" 하면서 내 이름을 불러주곤 했는데 엄마 아빠는 그걸 그렇게 좋아하셨다. 아침 9시 프로그램인 〈음악앨범〉을 맡았을 때 엄마는 나의 오프닝을 듣는 게 낙이라고 했다. 〈세상의 모든 음악〉도 엄마 아빠가 듣기 좋은 프로그램이었다. 노을이 물드는 저녁에 흘러나오는 아련한 월드뮤직과 클래식은 아름다

웠다. 나는 가끔, 엄마 아빠가 들었으면 하고 원고를 쓸 때
가 있었다(그렇다, 나는 방송을 사적으로 이용한 적이 한두 번 있
다). 어느 가을날에는 에세이 코너에 이런 내용을 써서 DJ가
읽게 했다.

"아버지 사랑처럼 무심해 보이더니

어머니 사랑처럼 은은해 보이더니

이슬이 더 맑아지니 그 향기 더 깊어지네……."

가을이면 생각나는 옛시조인데요.

시조에 나오는 향기의 주인공.

이 서늘한 계절에도 홀로 피어나는 꽃, 국화입니다.

최근에 제가 국화를 처음 본 곳은

그렇게 거창한 곳은 아니고,

제 부모님 연배의 노부부가 운영하는

동네 작은 슈퍼였어요.

가게 앞 아이스크림 냉장고 위에 올려진 작은 화분에

노란 국화가 한가득 심어져 있었는데요.

몇 평 안 되는 작은 가게에

잊지 않고 가을을 옮겨다 놓으신 게 반가워,

"국화가 참 근사해요" 하고 말씀을 건넸습니다.

그랬더니 돌아오는 말씀이 가을 햇살처럼

훈훈했습니다.

"그럼 하나 가져가요. 우린 하나 더 있으니."

고단하기도 비루하기도

지루하기도 덧없기도 한 게 인생이라고 하죠.

그래도 누군가는 그 안에서 큰 바람 없이

삶의 소소한 기쁨들을 찾고 나누어줍니다.

사는 일이 팍팍하다 해도

때로 세상이 아름답게 느껴지는 건,

바로 그런 분들 때문이겠죠.

방송이 끝나고 엄마에게 전화를 했다.

"들었어?"

"그거, 엄마랑 아빠 얘기 아니니?"

"눈치 챘어?"

"엄마가 누군데, 딱 알지!"

그 며칠 전, 엄마 아빠의 구멍가게에서 소담한 국화 화분
을 발견했다. 허름한 일상에서도 엄마는 계절의 아름다움

을, 인생의 소소한 행복을 잊지 않고 살고 계시는구나. 반갑고 감사했다. 그때 엄마가 했던 넉넉한 말.

"마음에 들면 가져가."

가을을 충만하게 느낀 그날에 대해 엄마와 아빠에게 말하고 싶었다. 두 분이 나의 엄마 아빠여서 행복하다고. 그 마음과 못다 한 이야기는 방송이 되었다.

어버이날도 생각난다. 사랑에 관한 명대사나 명문장을 소개해주는 코너에서 '엄마'에 관한 소설을 소개할 예정이었다. 생방송이 시작되기 전에 문자를 보냈다.

"엄마, 이따가 내 코너 나올 때 귀 바짝 대고 들어! 내 마음이야."

답장은 부리나케 왔다.

"알았어. 항상 듣고 있어."

방송에서 어느 소설 속 딸의 이야기를 소개했다. 엄마를 잃은 딸이 뒤늦게 엄마의 삶을 돌아본다. 엄마가 자신들 곁에서 언제까지나 변함없이 있어줄 거라 믿은 게 얼마나 어리석은 일이었는가를 깨달은 딸은 아프게 말한다. 만약 엄마와 함께할 수 있는 시간이 다시 한번 주어진다면 그때는 꼭 말하고 싶다고. 엄마가 온 인생을 바쳐 해낸 모든 일을, 엄마의 인생을 사랑한다고.

소설 속 주인공의 이야기를 원고에 담으면서, 내가 엄마와 함께할 수 있는 지금 이 순간이 얼마나 귀하고 행복한 시간인지 새삼 깨우쳤다. 나는 DJ가 읽을 나머지 원고에 엄마에게 한 번도 하지 못한 이야기를 담았다.

아무도 궁금해하지 않는 당신의 꿈이 우리는 지금도 여전히 궁금하다고, 엄마로 살아온 당신의 이름 없는 날들 덕분에 우리의 눈부신 날들이 존재한다고.

엄마에 대한 나의 고백이었다. 코너가 끝나자마자 엄마에게서 문자가 왔다.

"딸, 엄마는 지금 죽어도 여한이 없어."

나는 농담 반 진담 반으로 답장을 했다.

"그렇다고 죽으면 안 돼!"

그 순간, 라디오 작가가 되길 참 잘했다는 생각이 들었다.

지금 생각해도 참 다행이다. 노래 하나로, 원고 하나로, 구멍가게에 앉아 있던 엄마를 행복하게 할 수 있었으니 말이다.

사랑하는 사람을 사랑하는
최선의 방법

　엄마 아빠와 속초로 여행을 간 적이 있다. 여행 이튿날이었다. 아침에 일어나니 아빠가 냉장고에서 맥주를 꺼내고 계셨다.

　"아빠, 빈속에 아침부터 무슨 맥주야."

　"갈증 나서 그래. 하나만 먹을 건데 뭘 그러냐."

　"갈증 나면 물을 마시면 되지. 엄마! 아빠 맥주 마신대."

　엄마한테 도움을 요청했다. 나와 달리 엄마는 말리지 않았다.

　"여행 오면 원래 그러신다. 놔둬."

　엄마의 말을 들으니까 생각났다. 엄마가 신혼 초에 벌였다는 술과의 전쟁이.

아빠는 못 말리는 애주가였다. 맛있는 음식엔 술이 빠지면 안 되고, 좋은 풍경에도 술이 빠지면 안 되고, 축하할 일이 생겨도 술이 빠지면 안 되는. 엄마는 연애 때 이미 아빠가 술을 좋아한다는 걸 알고 있었지만, 결혼을 하고 나니 안 되겠다는 생각이 들었단다. 엄마는 신혼 때 못 고치면 평생 못 고친다는 신념 아래 아빠에게 술과의 전쟁을 선포했다.

첫 번째 작전은 '너 죽고 나 죽자'였다. 지금처럼 마시면 안 된다, 계속 이렇게 마실 거면 나도 마시겠다! 엄마는 비장했다. 경기가 시작된 지 얼마 지나지 않아 엄마는 먼저 나가떨어졌다. 두 번째는 이판사판. 술을 마시다 상을 엎고 크게 부부 싸움을 했다. 그런데도 조금도 변하지 않았다.

일련의 사태를 겪으면서 엄마는 깨달았다고 한다. 변화시킬 수 없다면 받아들이는 것도 지혜라는 걸. 엄마는 그때부터 아빠와 즐겁게 술잔을 기울이는 걸로 방향을 전환했다. 다행히 아빠는 크게 취하거나 흔들리는 법이 없었다. 적당히 취하면 더 이상 마시지 않았다. 진정한 애주가였던 셈이다. 그러니 아침에 맥주 한 캔이 무슨 대수였겠는가.

나에게는 그런 지혜가 없었다. 엄마가 떠나고 아빠의 낙이 오로지 술 하나밖에 남지 않은 걸 알면서도 내 눈앞에서 술을 드시는 걸 몹시 싫어했다. 아빠의 몸에서 암이 발견된 이후에는 더 예민하게 굴었다. 어떻게든 아빠의 몸을 아끼고 싶었다. 식사 때 막걸리 한 잔 정도는 드시게 해도, 심심하거나 무료할 때 냉장고에서 막걸리를 꺼내 드시려고 하면 질색을 했다. 이런 나 때문에 우리 집에 계시던 아빠는 몰래 길 건너 당신 집에 막걸리를 사다 놓고는 산책 가는 척 하시면서 드시고 오셔야 했다.

하루는 아빠가 좋아할 만한 영화가 개봉을 해서 극장 데이트를 했다. 기분 좋게 영화를 보고 나니 해가 지고 있었다. 극장을 나서는데 아빠가 머뭇머뭇하더니 말씀하셨다.

"저녁 먹고 들어갈까?"

현미밥을 드시면서 식단에 신경 쓰던 때였다. 마땅한 식당을 찾기도 쉽지 않았다. 나는 아빠의 속도 모르고 말했다.

"마땅한 데 찾기 힘들어. 그냥 택시 타고 얼른 집에 가서 해 먹자."

내 말에도 아빠는 두고 온 게 있는 사람처럼 발걸음을 떼지 못하고 망설였다.

"그래도…… 여기까지 나왔는데……."

마침 택시가 보였다. 나는 아빠의 말이 끝나기도 전에 외쳤다.

"택시!"

택시 안에서 아빠의 표정이 별로 좋지 않았다. 집에 와서 간단히 막걸리 한 잔을 챙겨 드리기는 했지만, 못내 섭섭해하고 계시다는 걸 알았다.

가끔, 그날이 생각난다. 그때 기분 좋게 식당에 들어가 소주나 막걸리를 시켜 잔을 부딪쳤다면 얼마나 좋았을까. 좋은 걸 보면 술 생각 나는 아빠라는 걸 알고 있었으면서. 딸과 함께 즐겁게 영화를 보고 맛있는 걸 사주고 싶던 아빠의 마음을 따랐다면, 더 좋은 추억을 만들었을 텐데.

산소에 가면 우리 남매들은 술을 올릴 때 언제나 잔을 꽉 채워서 드린다. 누군가 좀 모자라게 채우면 우리들 중 하나가 한소리를 한다.

"얼른 꽉 채워. 아부지를 몰라?"

언젠가 그 모습을 보면서 나는 말했다.

"그렇게 좋아하시는 술…… 돌아가시기 전에 맘 편하게

드시게 해드릴걸 그랬나 봐. 암 덩어리 커질까 봐 조바심이 들어서 그랬는데, 내가 아빠한테 더 스트레스였을 것 같아."

조용히 듣고 있던 작은오빠가 말했다.

"그땐 그럴 수밖에 없었지. 드려도 후회, 안 드려도 후회. 원래 그런 거야."

그 말이 위로가 되었다.

이제는 누구보다 잘 알 것 같다. 사랑하는 사람을 사랑하는 최선의 방법은 그가 가장 행복해하는 일을 함께 좋아해주는 일이라는 것을.

인생에서 가장 빛나는 하루

몹시도 추웠던 겨울밤, 쓰레기봉투에 버려진 혜나를 발견한 건 수진이었다. 혜나는 누가 묻기 전에 늘 괜찮다고 말하는 여덟 살 아이. 수진이 임시 담임을 맡은 학생이었다. 손톱 밑에 까만 때, 얇은 겉옷, 또래보다 작은 키, 잔인한 학대를 받은 흔적이 몸 구석구석에 묻어 있는 혜나의 천진하고도 슬픈 눈을 보며 수진은 잊고 있던 어린 시절의 기억을 떠올린다. 짐승의 눈빛으로 자신을 보는 어떤 남자, 무서워 떠는 어린 수진, 보육원에 수진을 버리고 떠난 엄마. 수진은 알아본다. 혜나는 또 다른 자신이라는 것을.

드라마 〈마더〉는 상처를 보듬으며 진짜 모녀가 되어가는 두 사람의 이야기를 담았다. 제목 때문에 이끌리듯 TV 앞에 앉던 나는 드라마를 보며 많이 울었다. 세상은 두 사람을 모녀로 인정하지 않았고 그들은 이별의 시간을 보내야만 했다. 그때 수진이 딸이 된 윤복(혜나는 이름을 바꾼다)에게 쓴 편지가 꼭 엄마의 말 같아서 마음이 먹먹했다.

> 이제부터 낯선 사람들을 많이 만날 거야.
>
> 사람들이 너한테 이것저것 묻고,
>
> 하고 싶지 않은 일을 하게 하고.
>
> 그래서 엄마가 편지를 쓰는 거란다.
>
> 엄마를 기억하라고.
>
> 네가 엄마한테 얼마나 소중한 아이였는지 기억하라고.
>
> 그러면 넌 당당해지기 쉬울 거야.
>
> 네가 얼마나 큰 사랑을 받은 아이인지 기억하고 있으면.
>
> (……)
>
> 그리고 생각해. 언젠가 꼭 우리 다시 만날 거라는 걸.

작고 여린 윤복은 나보다 훨씬 성숙했다. 엄마인 수진과 헤어지고 꽤 의연하게 지냈다. 때론 더 작은 존재들을 돌보기도 했다. 윤복은 알고 있었다. 이제 자신은 쓰레기봉지에 버려져 죽어도 되는 존재가 아니라는 것을. 수진이 편지에서 말했듯 엄마가 모든 걸 내어줄 정도로 사랑받는 사람이라는 것을. 자신은 충분히 소중한 존재라는 자존감이 윤복을 지켰을 거라는 걸 진심으로 이해했다.

윤복처럼 엄마에게 편지를 받은 적이 많다. 사춘기 시절, 해마다 돌아오는 5월 내 생일마다 엄마는 내 나이와 꼭 같은 숫자의 장미를 선물해줬다. 꽃 옆에는 언제나 카드가 있었다.

"사랑해, 우리 딸."

수능을 치던 날, 점심시간에 보온 도시락을 여니 엄마의 메모가 보였다.

"긴장하지 말고 힘내! 사랑해!"

엄마는 심장 수술을 한 뒤 평소 배우고 싶던 걸 미루지 않고 배우기 시작했다. 구청 문화센터에서 인터넷과 영어를 배웠다. 이메일 쓰기에 한창 재미를 붙인 엄마는 종종 이메일을 보냈다. 가끔 어떻게 찾았는지 동영상 카드나 멜로디 카드를 보내기도 했다. 방송 원고를 쓰다 엄마의 이메일을 확인하고 픽 웃곤 했다. 그 편지들을 출력해서 아끼는 책에다 곱게 접어 넣어두었다.

가끔 그 편지를 다시 펼쳐볼 때가 있다. 엄마의 생일날, 아이의 생일날, 남편과 싸운 날, 백화점에서 다정하게 쇼핑하는 모녀를 본 날, 편두통으로 앓다가 겨우 일어나 앉은 날, 아들이 웃겨줘서 행복한 날, TV에서 엄마를 닮은 배우를 본 날, 외로운 날, 슬픈 날, 행복한 날, 기쁜 날에. 그때마다 엄마는 특유의 따뜻하고 명징한 목소리로 말을 건넨다.

딸, 일은 잘했어? 전화했다며? 아빠가 딸밖에 없대.

컨디션은 좀 어때?

보고 또 보아도 늘 갈증 나는 목마름처럼

보고픈 마음은 어찌할 수 없는 엄마의 마음인 것 같다.

목소리 듣지 못한 지 수일이나 된 것 같구나.

요즘 계속 바쁘고 피곤하지?

엄마는 항상 미안한 마음 끝이 없단다.

아깝고 안쓰럽고. 엄마 속마음은 늘 이랬는데

딸은 이런 마음 알았나 몰라?

인생에서 제일 빛나는 하루, 그 하루만 있어도 사람은 살 수 있다는 얘기를 들은 적이 있다. 내게도 빛나는 날들이 있었다. 엄마가 선물해준 날들. 나는 충분히 사랑받았고, 우리는 서로 사랑했다. 그날들이 나를 지켜주고 앞으로 나아가게 할 것이다. 그리고 나는 믿는다. 진짜로 사랑하는 사람들은 언젠가 꼭 다시 만난다는 것을.

험한 인생을 헤쳐 나가기 위해
꼭 지켜야 할 규칙

"괜찮아요?"

"힘들지?"

"제가 좀 도와드릴까요?"

일상생활을 하다 보면 들을 수 있는 이 평범한 말들이 나를 울컥하게 만들 때가 있다.

엄마는 혈액암 분야에서 최고의 의료진에게 진료를 받았다. 치료를 위해 할 수 있는 건 다 시도했다. 손 한 번 쓸 수 없었던 환자들에 비하면 감사한 일이지만, 지금도 병원을 생각하면 가슴이 서늘해진다. 다 그런 건 아니겠지만, 내가 만난 몇몇 의료진들은 일부러 무심하고 차가운 말투를 쓰려고 노력하는 것 같았다. 그들은 왜 그렇게 곁을 주지 않으려고 할까? 뭔가 물으려고 할 때마다 까다로운 보호자를 만나 피곤하다는 표정이었다. 붙잡을 것 없는 우리가 겁 없이 매달려 떨어지지 않으면 어쩌나 하는, 피곤한 상황 자체를 만들지 않으려고 노력하는 것처럼 보였다. 한둘이 아닌 환자를 대하려면 쉽게 감정이입을 해서도, 수많은 보호자에게 휘둘려서도 안 된다는 것을 머리로는 이해해도, 때때로 섭섭하고 서러운 마음이 드는 건 어쩔 수 없었다.

엄마가 밤새 이어지는 구토로 고통받던 날, 담당 레지던트는 끝내 연락이 되지 않았다. 한두 시간을 내리 토하는 엄마를 보다 못한 내가 간호사에게 구토 방지 주사라도 놔달라고 했고, 그렇게 해서 맞은 주사가 밤새 받은 조치의 전부였다. 다음 날, 왜 이렇게 연락이 안 됐느냐는 내 말에 레지던트는 말했다.

"이제는 해드릴 것도 없어요."

엄마에게 남은 시간이 일주일이 될지 사흘이 될지 모른 채 병실에서 동동거리고 있을 때였다. 어쩐지 답답한 마음도 들고 그대로 있기가 불안해서 어느 간호 데스크에 앉아 있던 의사를 찾아가 엄마의 상태가 지금 어느 정도냐고 물었다.

"생각보다 오래 버티고 계신 거예요. 이제 곧……."

나는 참았던 화가 폭발했다. 보호자들이 그런 걸 어떻게 아느냐. 미리 알려줬어야 하는 거 아니냐. 이런 상황인데 수혈은 왜 하고 수액은 왜 맞느냐, 불필요한 주사 줄 다 빼라. 처음으로 병원에서 언성을 높였다. 엄마의 몸에 여기저기 꽂혀 있던 주사 줄은 그제야 겨우 정리가 됐고, 급하게 모든 가족에게 연락을 했다. 조금만 늦었어도 우리 가족은 엄마의 임종을 지키지 못할 뻔했다.

그래서일까, 나는 '병원'을 떠올릴 때면 옥상 난간에 올라선 것처럼 위태롭고 외로운 기분이 들곤 했다. 그래도 그 시간, 나를 위로한 건 결국 사람이었다. 다정하고 친절했던 사람들.

엄마가 이식을 받기 전 일반 병실에 있을 때, 엄마와 같은 병을 앓던 나와 동갑의 환자가 있었다. 타인에게 조혈모세포 이식을 받고 무균실에서 일반 병실로 옮겨 생활한 지 얼마 안 된 환자였다. 본인의 몸을 추스르는 것만으로도 벅

찰 텐데 친구는 만날 때마다 살갑고 자상했다. 자신이 환자임에도 엄마의 말벗이 되어줬고, 내가 병실을 나갈 때면 "괜찮아?" 하고 마음을 보듬어주며 엄마 소식을 전해주기도 했다. 엄마는 낯선 병실에서 그 친구 덕에 이식에 대한 이야기를 들으며 불안을 떨치고 조금은 즐거운 하루하루를 보낼 수 있었다. 친구는 무사히 퇴원했고 한동안 내게 연락을 하기도 했다. 정작 나는 반갑게 친구의 전화를 받아주지 못했다. 친구의 목소리를 들을 때마다 엄마가 고통받던 시간들이 떠올라 괴로웠다. 친구에게 "엄마도 너처럼 살아남았으면 좋았을 텐데"라는 말을 할까 봐 두려웠다. 결국 연락이 끊겼다.

엄마가 조혈모세포 이식을 받느라 무균실에 있을 때였다. 엄마는 가슴에 심은 중심정맥관('히크만 카테터'라 불리는 작고 유연한 관을 심장 바로 위에 위치한 굵은 정맥에 삽입하는 것으로, 환자는 매일 팔이나 손에 바늘을 꽂지 않고 이 관을 통해 항암제와 항생제, 수혈, 고농도의 영양제를 안전하게 주입할 수 있다) 주변에 염증이 심했다. 아무리 열심히 소독을 하고 치료를 받아도 화상 흉터처럼 벌게진 상처가 나는 늘 가슴 아팠다.

도대체 왜 이러는지 알 수가 없었다.

이식을 받으면서는 그 상처들이 조금씩 나아지는 기미가 보였는데, 하루는 무균실 담당 간호사가 와서 묻지도 않은 이야기를 친절하게 해줬다.

"저도 책을 보고 공부를 좀 했는데요. 결국은 암세포 때문이었어요. 그 세포들을 밀어내니까 상처가 좀 나아지는 걸 보면 맞는 것 같아요. 그동안 걱정 많으셨죠?"

따뜻한 관심과 성의가 고마웠다. 삭막한 무균실을 방문할 때면 3교대로 돌아가는 걸 알면서도 매일 그 간호사가 있으면 좋겠다는 생각을 했다. 무균실에는 원래 보호자가 들어갈 수 없다. 면역력이 제로인 환자들을 위해 외부 출입으로 인한 균 침입을 원천적으로 차단하기 위해서다. 하지만 엄마의 상태가 워낙 좋지 않아 의료진들은 내가 곁에서 간호할 수 있게 배려해줬다(물론 철저하게 소독을 하고 마스크를 쓰고 덧가운을 입고 들어갔다). 고립된 섬 같은 그곳을 벗어날 때는 저녁을 먹으러 나갈 때뿐이었다. 그래도 늘 발길이 떨어지지 않았다. 그런 마음을 읽었는지 간호사는 내가 나갈 때면 살갑게 말해주곤 했다.

"제가 잘 지켜볼 테니까 마음 편하게 드시고 오세요."

그 말을 들을 때면 그래, 여기도 사람이 있었지, 하고 돌처럼 굳어가던 마음이 조금은 풀리기도 했다.

일반 병실에 같이 있던 보호자 한 분도 생각난다. 혈액암을 앓고 있던 아내 곁에서 늘 함께 밥을 먹고 이야기를 나누던 아저씨. 어느 날 병원 복도에서 만난 그의 표정이 예전과 다르게 어두워 물어보니, 아내가 중환자실에 있다고 했다. 며칠 전에도 내게 사과를 깎으며 먹어보라고 건네주실 정도로 괜찮았는데. 아내의 상태는 하루아침에 급격하게 나빠졌고, 투석 중이라고 했다. 아저씨는 벤치를 찾아 앉으며 말했다. 아내가 이제는 떠날 것 같다고. 황망한 순간에도 아저씨는 엄마와 나를 위해 자신이 이 병원 저 병원을 오가며 느꼈던 경험을 토대로 진료는 물론 보험에 관한 이런저런 조언까지 세세하게 설명 해줬다. 아저씨는 자리를 뜨면서 말했다.

"조금이라도 도움이 됐으면 좋겠네."

하루하루 살얼음 위를 걷는 것처럼 시리고 아팠던 날에 손을 내밀어준 이들을 떠올릴 때마다, 작가 커트 보니것Kurt Vonnegut의 말을 생각한다. 그는 세상을 살아가기 위해 지켜야 할 단 하나의 규칙이 있다며 이렇게 말했다.

친절하라.

그의 작품 속 어느 주인공이 했던 말은 그 이유에 대한 답으로 충분하다.

우리는 서로 이 삶을 잘 헤쳐 나가는 걸 도와주기 위해 태어난 것 같아요.

그랬으면 좋겠다. 내가 내민 손에, 당신이 잡아준 손에, 우리가 맞잡은 손에 기대어, 오늘도 우리 다시 한 발을 내디딜 수 있다면 좋겠다.

말 할 수 없 는 고 독 에
몸 서 리 칠 지 라 도

"이거 우리 손녀딸이네."

첫 책을 냈을 때, 책을 받아들고 한참을 쓰다듬던 엄마가 한 말.

"우리 딸이 썼으니까. 책 한 권 쓰는 걸 출산에 비유하잖아. 그러니까 이 책도 딸이 낳았으니까 내 손녀지."

"아이고, 엄마!"

며칠 후 엄마는 한 식당을 잡아 가족들을 모아놓고 조촐한 출간 파티도 열어주었다. 짧은 감상평을 메일로 보내주기도 했다.

내 딸이 쓴 글이 아니라고 해도

마음에 새기면서 읽을 만한 책이었어.

딸! 너무너무 수고했어. 고생 많았어!

그 후에도 엄마는 아빠와 종로에 있는 대형 서점으로 즐겁게 데이트를 나가 책을 사오곤 했다. 한동안 엄마의 즐거움은 딸의 책을 친정 식구들과 친구들에게 선물하는 일이었다.

내 일로 한껏 들떠 기뻐하던 그때의 엄마가 종종 생각나곤 한다. 스스로도 기특할 만큼 어려운 일을 해냈을 때나 뜻밖의 좋은 일이 생겼을 때. 힘든 일이 생겼을 때보다 기쁜 일과 축하받을 일이 생겼을 때 엄마의 빈자리가 더 크게 느껴지는 건 왜일까? 살수록 느낀다. 누군가의 슬픔을 나누는 일보다 기쁨을 나누는 일이 더 어렵다는 것을.

그런 현실을 실감하게 되는 날이면 더 헛헛했다. 나보다 더 나를 사랑해줄 사람은 이제 없구나 싶은 생각이 들면 가슴에 바람이 드나들었다. 인간관계도 다 부질없게 느껴졌다. 나는 언젠가부터 타인에게 거리를 뒀다. 소모적인 관계나 나와 맞지 않는 관계에 더 이상 애를 쓰고 싶지 않았다. 자연스럽게 관계도 정리가 됐다. 어느 날, 돌아보니, 내게 남아 있는 사람이 많지 않았다.

쉬는 시간마다 교실을 빠져나와 벤치에 앉아 감자칩과 소다 음료수를 마시며 불안한 미래를 조곤조곤 얘기하던 고등학교 단짝 친구들의 소식도 들은 지 오래다. 답사를 떠나 어느 민박집에서 밤을 함께 지새우며 까만 눈을 반짝이던 대학 친구들은 거의 연락이 끊기고 몇몇만 남았다.

"우리가 예순이 되고 일흔이 돼도 이렇게 여행 다닐 수 있을까?"

함께 겨울 바다를 걸으며 팔짱을 끼던 친자매 같던 언니들도 이제는 서로 연락하지 않는다. 방송국 한쪽 구석에서 프리랜서의 서러움을 서로 위로하던 동료 작가들의 소식도 뜸하다.

한때는 이별의 원인이 나의 기쁨과 슬픔에 공감하지 못한 그들 때문이라고 생각했고, 어느 날은 상대의 사려 깊지 못한 행동 때문이라고 생각했다. 어떤 날은 그들의 마음을 좀 더 헤아리고 살피지 못한 내 탓이라고 생각했다. 지금은 그런 생각이 든다. 그저 시간이, 삶이 우리를 그렇게 멀리 떨어뜨려 놓은 것은 아니었을까.

인생은 말이야. 넓게 펼쳐진 평원에서 숲으로 들어가는 길과 같단다. 평원에서 만나는 친구들은 함께 갈 수 있어. 앞에서 끌어주고 뒤에서 밀어주면서 말이지. 하지만 일단 숲에 들어서면 풀숲과 가시덤불이 길을 막고, 그러면 상황은 달라지지. 다들 자기 앞만 보면서 길을 찾아갈 수밖에 없어. 끌어주고 밀어주며 함께 웃고 떠들던 순간이나 (……) 함께 나누던 깊은 우정은 우리 인생에서 청소년기에만 있을 수 있는지도 몰라. 해맑고 친절하던 그 시기를 지나고 나면 그뒤론 걸을수록 고독해지지. 넌 앞으로 가정에 구속되고, 책임감에 묶이고, 너 자신의 야심에 갇히고, 인생의 모순들에 짓눌리게 될 거야. 네가 숲속 깊이 걸어 들어갈수록 찬란한 햇빛 같은 친구는 더 이상 없을 거야. 인생을 알 만한 나이가 되면 사람들에 둘러싸여 있으면서도 말할 수 없는 고독에 몸서리치겠지.

_룽잉타이·안드레아,『사랑하는 안드레아』

대만의 지식인이자 작가로 유명한 룽잉타이가 아들에게 쓴 편지를 읽으며 고개를 끄덕거린다. 그만큼 나이를 먹었다는 얘기다. 단짝 친구랑 재잘거리는 나를 보며 엄마가 했던 말이 생각난다.

"좋을 때다. 우정이 제일 좋을 나이지."

그 시간을 아득하게 기억하는 나는 예감하고 있다. 사는 일은 앞으로 갈수록 더 고독해지리라는 것. 그때마다 엄마를 떠올리겠지. 기쁜 일이 생기면 더욱 부모 자식만의 그 한몸 같은 사랑을 그리워하겠지.

그렇다 하더라도 사람에 대한 애정과 믿음까지 버리고 싶지는 않다. 우리가 헤어져 등을 돌린 건 그 누구의 탓도 아니라는 걸 알게 됐기 때문이다.

청춘을 함께했던 이들을 언젠가 길에서 우연히 마주칠 지도 모른다. 아니 언젠가 한 번은 꼭 만날 수 있다면 좋겠다. 그때가 되면, 손을 잡고 못다 한 고백을 할 수 있다면 좋겠다.

네가 참 보고 싶고 그리웠다고. 우리의 그 시간이 참 행복했다고.

아이를 지켜주는 신은
따로 있다

나는 세상에서 나를 가장 사랑해주는 엄마를 잃고, 나를 가장 사랑해주는 또 한 사람을 얻었다. 아들을 키우면서 나는 전보다 훨씬 많이 웃게 됐다. 아이가 나를 웃기기 때문이다. 웃으면서 찔끔 눈물을 흘리기도 한다. 그 기억들을 언젠가 잊을까 봐 아이가 내게 전한 사랑의 어록을 수첩에 메모해놓는다. 마르지 않는 샘처럼 사랑이 솟는 아이의 말들을 읽다 보면 사랑을 표현하는 데 인색함이 없었던 엄마가 생각난다. 아이는 표현력에서만큼은 할머니를 꼭 빼닮았다. 사랑스러운 아이의 말을 가만히 곱씹다 보면 육아와 씨름하느라 종종 괴물이 되는 나란 엄마도 같이 보인다. 때때로 나는 엄마 반성문을 쓰는 마음으로 아이의 말들을 다시 읽는다.

아들 엄마, 화분이 아파. 잎이 노래졌어. 죽을 건가 봐.

엄마 아프다고 다 죽는 건 아니야. 너도 아플 때가 있지만 죽지 않잖아.

아들 난 아픈 게 좋아. 아프면 엄마랑 계속 같이 있을 수 있으니까.

엄마는 세상에서 책 읽는 일이 제일 재밌어? 나는 세상에서 엄마 옆에 있는 일이 가장 재밌어.

(너는 자라고, 잊고, 떠나겠지만, 때로 너 때문에 속이 상하는 날도 있겠지만, 그때마다 네가 준 행복을 생각할게. 잊지 않을게.)

엄마! 화가 날 때 꾹꾹 참으면 머리에서 하트가 뿅뿅 나온대. 엄마가 안아줘도 하트가 뿅뿅 나와.

(엄마도 하트가 나오도록 꾹꾹 참아볼게. 너무 자주 화내고 혼내서 미안.)

(깨끗하게 목욕하고 나온 아들이 너무 예뻐서 엄마한테 달려와 뽀뽀 좀 해달라고 했더니)

가슴에다 할 거야. 그러면 심장이 커져. 그러면 더 많이 사랑하게 돼!

아들 엄마, 나 경찰되는 거 포기할래. 경찰 놀이 하자고 했는데 친구들이 가버렸어. 혼자 놀았어.

엄마 속상했겠다. 경찰 말고 되고 싶은 건 없어?

아들 아무것도 안 할래. 그냥 여행 다닐래.

엄마 여행도 좋지. 여행 작가도 있어. 여행하고 그곳에 대해서 글을 쓰는 거야.

아들 나 여행 작가 될래. 그래서 엄마가 늙어서 못 걸으면 내가 업고 엄마랑 여행 다닐 거야.

(그러더니 갑자기 운다.)

엄마 왜 울어?

아들 감동해서.

엄마 네 말에 네가 감동해서?

아들 응.

(앞머리가 조금 긴 듯해서 묶어줬다. 사과머리처럼.)

아들   머리 묶으니까 귀여워?

엄마   응. 너무 귀엽고 웃겨.

아들   엄마 화날 때 맨날 머리 묶어야 되겠다.

(아, 도대체 나는 너한테 얼마나 많이 화를 낸 거니?)

(작업해야 하는 엄마와 헤어져 할머니 할아버지 댁에 가는
길에 아빠에게)

아빠! 내 말 명심해.

엄마한테 좀 잘 해. 엄마 속상하게 하지 말고. 무거운 것
도 들게 하지 말고. 꼭 명심해!

(장하다! 내 아들!)

아이의 어록을 마주할 때마다 아이들은 모두 사랑의 씨앗
을 갖고 태어나는 게 아닐까 생각한다(물론 이런 고운 말만 아
들에게 듣는 것은 아니다. 아들은 종종 엄마를 우주로 날려버리고
싶다는 말도 한다). 사랑은 위로의 다른 말이라는 것도 함께
배운다.

존재 자체가 위로인 아이를 키우는데, 가끔 두렵다. 아

이를 키우면서 내가 얼마나 부족한 인간인지 날마다 깨닫게 되기 때문이다. 내 아이의 일이라면 타인을 잊고 종종 이기적으로 변하는 나를 보면서, 아직도 멀었구나 한다. 말로는 사랑한다고 하면서 나의 하루가 버거우면 죄 없는 아이를 몰아붙이고는, 이게 다 힘들어서 그런 거야, 스스로를 변명한다. 어느 날엔 깜짝깜짝 놀란다. 아이는 나의 거울처럼 내가 한 말, 내가 한 행동을 그대로 따라 하기 때문이다. 잘못한 일을 혼낼 때는 이게 다 내가 보여준 모습 같아 마음이 뜨끔하다. 당연히 자책도 많이 한다. '내가 지금 도대체 애한테 무슨 짓을 한 거지.'

이런저런 생각으로 마음이 어지러울 땐, 나 편해지자고, 나 살자고, 슬쩍 이 말에 기댄다.

영화 〈프라이드 그린 토마토〉에 나오는 대사.

아이들을 지켜주는 신은 따로 있다.

그러니 오늘도 부족한 엄마가 할 일은, 신에게 감사와 사랑의 기도를 전하며 잠든 아이의 이마에 입맞춤을 하는 것뿐이다.

너의 시간이 다할 때까지
언제나 함께 있을게

'메리'는 대형견이었다. 시골에 가면 지금도 볼 수 있는 백구와 황구를 섞어놓은 것 같은 믹스견. 메리를 어떻게 키우게 된 건지, 어디서 데려왔는지는 잘 모르겠다.

그때 엄마는 미사리의 어느 공사 현장 앞에서 식당을 했다. 나는 그곳에서 암사동에 있는 초등학교까지 버스를 타고 다녔다. 여덟 살 아이가 다니기엔 먼 거리였다. 한번은 버스를 잘못 타는 바람에 두세 시간의 방황 끝에 집에 온 적이 있다. 놀라고 지쳐서 돌아온 내게 엄마는 라면을 끓여줬고, 나는 먹으면서 조금 울었다. 긴장이 풀리고 배가 두둑해지니 졸음이 몰려왔다. 방문을 열어놓은 채 문지방 가까이 머리를 대고 잠이 들었다. 얼마나 잤을까, 이마에 뭔가 차갑고 축축한 느낌이 들어 눈을 뜨니 메리의 까만 눈과 까만 코가 보였다. 언제부터 거기 앉아 있던 걸까. 나는 가끔 메리가 우리를 지켜주고 있다는 생각이 들었다.

메리와 같이 지낸 지 2년쯤 됐을까. 학교에서 돌아와 보니 메리가 보이지 않았다. 식당 뒤편으로 나가니 없던 테이블이 보였다. 아저씨 네댓 명이 모여 식사를 하고 있었다. 식당 안에서 밥을 먹지 않고 왜 저기서 밥을 먹지? 돌아서는데, 아저씨들에게 반찬을 날라주는 엄마가 보였다. 순간, 알아버리고 말았다. 세상이 내 뜻과는 상관없이 돌아간다는 걸. 열 살밖에 안 된 아이가 할 수 있는 건 별로 없었다. 메리가 앉아 있던 자리만큼 어린 내 마음에도 그늘이 졌다. 왜 아무 말도 하지 못했을까? 어린 나도 알고 있었다. 그렇게라도 해서 돈을 벌어야 했던 우리의 형편을. 그렇지만 화조차 내지 않은 나를 용서하긴 힘들었다.

이후에도 엄마는 몇 번 보신탕을 끓여서 상에 내왔다. 그때마다 나는 부루퉁하게 말했다.

"세상에 먹을 게 얼마나 많은데 굳이 이래야 해?"

그러면 엄마는 말했다.

"그럼 닭이나 소나 돼지도 먹지 말아야지. 마음 아프지만 어쩔 수 없는 거야. 싫으면 넌 먹지 마."

어린 나는 엄마의 논리에 기가 죽어서 어떤 반박도 하지 못했다. 동의할 수는 없었지만, 엄마의 입장을 이해하려고 애쓰기는 했다. 다른 생명의 고통에 빚지고 사는 게 인생이라고, 정글에서뿐만 아니라 우리가 사는 이 세상에서도 약육강식이 이루어지고 있을 뿐이라고, 내 식구 살자면 어쩔 수 없는 일이라고, 엄마는 그런 마음이었을 거라고 생각했다.

정말이지 빚지고 싶지 않았다. 메리를 생각할 때마다 생명의 고통에 빚을 진다는 일이 너무나 끔찍하게 여겨졌다. 하지만 그 후로도 고기를 먹으면서 살았다. 다른 생명의 고통을 줄이는 일은 많은 노력과 품이 드는 일이었다. 나는 이런저런 핑계를 댔다. 사회생활을 하면서 삼겹살과 치맥을 비롯한 육식을 거부하기란 얼마나 어려운 일이냐며, 성장기의 아이에게는 약간의 육식은 필수라며. 다들 그렇게 사는데 뭐, 하면서 질끈 눈을 감았다. 그래도 마음 한구석의 불편함은 가시지 않았다.

결혼한 지 3개월쯤 됐을 때, 남편의 여동생에게서 전화가 걸려왔다. 교회 앞에서 빨랫줄에 목이 감긴 까만 강아지 한 마리가 비를 맞고 떨고 있다고 했다. 동생은 강아지를 동물병원에 데리고 갔다. 3개월 된 강아지는 두 가지 종이 섞인 믹스견이었다. 다행히 건강했다.

시댁에선 이미 에너지 넘치는 슈나우저를 키우고 있었다. 강아지는 당장 갈 곳이 없었다. 유기견 보호소에 간다 해도 좋은 주인을 만난다는 보장이 없었다. 일단 우리 집에 데려와보라고 했다. 까만 털이 복슬복슬한 강아지는 3개월 치고는 꽤 컸다. 벌써 다 큰 소형견만 했다. 코커스패니얼 품종이 섞여서 앞으로 더 많이 자랄 거라고 했다. 좁은 아파트에서 키우기엔 큰 중형견으로 자랄 텐데 어쩌나. 아무것도 모르는 강아지는 머리를 쓰다듬자 냉큼 손을 깨물며 장난을 치고 신이 난 듯 꼬리를 살랑거리며 우리를 졸졸 따라다녔다. 계획한 일은 아니지만 남편과 나는 강아지를 키우기로 동의했다.

"이름을 뭐로 하지?"

나는 곱슬곱슬한 까만 털을 쓰다듬으며 말했다.

"몸이 말랑말랑해서 만지고 있으면 털 뭉치 만지는 것 같

137

아. 뭉치라고 부를까?"

한창 이갈이를 하던 뭉치는 내 트레이닝 바지를 물다 찢고, 문지방 나무를 긁고, 새 이불을 깔면 어떻게 알고 와서는 오줌을 쌌다. 우리는 뭉치를 '사고뭉치'라고 불렀다.

석 달이 흐른 뒤, 배변 문제로 우리를 골탕 먹이던 뭉치는 언제 그랬냐는 듯 타일 바닥에서만 볼일을 봤다. 바람이 통하는 베란다는 자연스럽게 뭉치의 화장실이 되었다. 뭉치를 두고 외출할 때면 녀석이 크게 짖어 골치였는데, 나갈 때 간식을 주니 조용히 우리를 배웅했다. 우리가 돌아오면 뭉치는 언제나 격렬한 점프로 반가움을 표현했다. 뭉치가 내내 우리를 기다린 자리는 보일러가 들어온 것처럼 따뜻했다.

처음 뭉치를 보여준 날, 엄마는 말했다.

"털이 까만 게 특별한 매력이 있네. 좋은 개 같아."

엄마는 뭉치를 예뻐했다. 뭉치는 나와 목소리가 비슷한 엄마를 좋아했다. 엄마가 집에 오면, 엄마 품에 있느라 나한테 오지 않았다. 엄마는 뭉치를 쓰다듬을 때마다 말했다.

"뭉치야, 좋은 주인을 만나서 얼마나 좋니. 넌 복 받은 강아지야."

무력한 어린 내가 떠올랐지만 아무 말도 하지 않았다. 엄마에게 메리 이야기를 꺼내고 싶지 않았다.

7년이 지나고 나는 아이를 가졌다. 몇몇 주변 사람들이 모두 한마디씩 했다.

"개 키우면서 애 키우기 힘들어. 그리고 애한테도 안 좋아."

보는 사람마다 이제는 개를 치우라고 했다. 더 이상 입을 다물 수가 없었다.

"내 새끼 키우자고 내가 키우던 생명을 버리라는 거야? 그게 아이한테 좋을 것 같아?"

나는 속으로 다짐하듯 말했다. 어떻게 또 그래, 이번엔 안 돼. 이번엔 꼭 지킬 거야.

아들이 두 살 때 침대에 올라온 뭉치와 한참 놀고 있었다. 사이좋게 놀고 있는 모습이 보기가 좋았다. 그것도 잠시, 아들이 뭉치의 배를 머리로 들이받으면서 사고가 났다. 뭉치는 공격받는 걸로 생각했고 아이의 얼굴을 사납게 물었다. 설거지를 하고 있던 터라 말릴 새도 없었다. 자지러지게 우는 아이의 눈 밑에 날카로운 이빨 자국이 났고, 금세 피가 맺혔다. 다행히 어린아이라 상처는 금방 아물었고, 둘은 다시 사이가 좋아졌다.

아들은 차갑고 축축한 뭉치 코를 툭툭 건드렸고, 뭉치 등에 겁 없이 올라타기도 했다. 뭉치는 포기한 듯 아들의 웬만한 장난은 받아줬다. 그래도 아들이 등을 꼬집거나 뭔가를 뺏으려 들 땐 뭉치도 봐주지 않았다. 아들은 손이며 발을 여러 번 물렸다. 아들이 제법 크게 물린 날, 남편이 말했다.

"뭉치…… 다른 집에 보내버릴까?"

아파서 울던 아들은 더 서럽게 울기 시작했다.

"안 돼. 뭉치가 얼마나 귀여운데. 얼마나 예쁜데. 아빠 나빠. 아빠나 다른 집에 가버려."

여행을 가야 해서 시댁에 뭉치를 맡겼다. 아들은 잠들기 전 뭉치가 보고 싶다며 한참을 울었다. 우리 뭉치, 우리 뭉치 보고 싶어, 하면서.

뭉치의 나이는 이제 열두 살이 되었다. 가끔 아들은 뭉치를 꼭 안고 말한다.

"뭉치야, 오래 살아. 아프지 마."

그러면 뭉치는 우리에게 엉덩이를 비벼댄다. 뭉치의 작은 머리를 쓰다듬으며 나도 말한다.

"뭉치야, 너의 시간이 다할 때까지 언제나 함께 있을게. 꼭 그렇게 할게."

사라졌지만 이어지는 것

20년 넘게 살던 보문동의 우리 집이 없어졌다. 재개발이
되면서 그 자리엔 새 아파트가 들어섰다. 가끔 허전했다. 서
울에서 나고 자라 이사를 자주 다녀서 그런지 고향에 대한
애틋한 정서를 품고 있지는 않은데도 어떤 날엔 귀소본능처
럼 어딘가로 돌아가고 싶은 마음이 밀려왔다. 그런 마음이
들면 남편이 이렇게 말해주곤 했다.

"오장동 갈래? 냉면 먹으러?"

가늘고 쫄깃한 면발에 육수가 일품인 함흥냉면은 엄마가
가장 좋아하는 외식 메뉴였다. 우리 식구들은 오장동에 자
주 갔다.

오랜만에 찾은 냉면집은 여전히 사람이 많았다. 연세 지긋한 주인 할머니의 희끗희끗한 머리도, 홀을 분주하게 다니는 아들도 그대로였다. 남편과 나는 회냉면과 물냉면을 시켜서 사이좋게 나눠 먹었다. 매콤달콤한 회냉면을 한 젓가락 올려 입에 넣으면서 나는 새삼 느꼈다. 사람은 가도 추억은 남는 거구나…….

생각해보니 엄마와 나는 제법 많은 식당에서 같이 밥을 먹었다. 방송국으로 출근하던 시절, 같이 일하는 PD나 매니저로부터 맛집 정보를 얻을 기회가 많았다. 검증된 맛집이 나오면 나는 엄마 아빠를 불렀다. 그중의 한 곳이 연희동에 있는 일식집이다. 그곳에서 두 분께 지금의 남편을 정식으로 소개했다. 엄마는 그 식당을 마음에 들어 했다. 두툼한 회는 물론, 보리쌀을 섞어 넣은 쌈장도, 튀김으로 나온 랍스터 다리도, 바특하게 조려진 도미찜도 다 잘 드셨다. 남편과 나는 지금도 특별한 날에 그곳을 찾는다.

일을 마치고 삼청동의 소문난 식당에서 간장게장 정식과 장어 정식을 먹은 적도 있다. 꽤 비싼 식당이었다. 식사를 마치고 엄마는 말했다.

"잘 먹었어. 게는 크고 맛있네. 그런데 너무 비싸. 가격만큼 하는 집은 아니야."

딸이 사줘도 엄마는 냉철하게 평가했다. 헤어지기 아쉬웠던 나는 엄마 아빠와 삼청동을 잠시 걸었다. 유명한 중국 만둣집 앞에 사람들이 줄을 서 있었다. 나는 그 집을 가리키며 출출할 때 드시겠냐고 물었다. 만두를 포장해서 엄마 손에 들려줬다. 헤어져야 할 시간. 엄마가 인사를 했다.

"딸 덕분에 삼청동 구경 잘했네. 즐거웠어. 고마워!"

엄마의 병세가 좋지 않아지면서는 내가 다니는 여의도의 한의원에 엄마를 모시고 갔다. 엄마의 진료가 끝나면 팀원들과 함께 다니던 식당에 갔다. 엄마는 진하게 끓여져 나온 조기매운탕을, 나는 알탕을 먹었다. 가지를 튀겨서 양념한 밑반찬이 맛있는 집이었다. 해가 질 무렵에 만났을 때는 그 동네에서 소문난 곰장엇집으로 갔다. 조개탕 하나에 곰장어 소금구이를 시켜놓고 엄마와 나는 청주 한 잔을 마셨다. 양이 좀 적다고 느껴질 땐 양념구이를 추가해서 먹었다. 양념에 비빈 볶음밥까지 먹으면 배가 꽉 찼다.

나만 엄마를 식당으로 데려간 건 아니었다. 엄마 아빠도 종종 나를 불러냈다.

"꼬리찜 먹으러 갈래?"

"그게 뭐야?"

"갈비찜 같은 거야. 소꼬리찜이지. 엄마랑 아빠가 데이트
할 때 가던 곳인데 옛날 맛이 날지 모르겠다."

을지로 어느 골목에 아직도 그 식당이 있었다. 기분이 묘
했다. 삼사십 년 전에 엄마와 아빠가 있던 곳에 내가 있다
는 것이. 잠시 시공간을 초월한 여행을 하는 기분도 들었
다. 식당은 허름했다. 불판에 지글지글 익혀 나온 꼬리찜은
갈비찜보다 쫄깃한 맛이었다. 다 먹을 때쯤 엄마가 봉투를
내밀었다.

"이게 뭐야?"

"너 여행 간다며. 이걸로 박 서방이랑 한 끼는 좋은 거 사
먹어."

그때 나는 로망이던 홋카이도 여행을 앞두고 있었다. 이
걸 주려고 꼬리찜까지 사주셨던 것이다. 우리만 가는 것도
미안한데, 마음이 울컥했다. 엄마는 얼른 말을 돌렸다.

"너 그 빨간 니트, 예쁘다."

그 니트를 볼 때마다 엄마 생각이 난다.

가족 모임이 있는 날은 동대문에 있는 불고깃집에 가기도 했다. 그곳도 엄마와 아빠가 자주 데이트하던 장소였다. 국물이 자작자작한 불고기는 조금 달았다. 엄마는 고개를 저었다.

"맛이 변했어. 너무 달아. 반찬도 다 설탕이 너무 많이 들어갔어. 주방장이 바뀐 건지 주인이 바뀐 건지, 이 집은 이제 못 오겠다."

우리는 엄마 말을 듣고 그 집엔 다시 가지 않았다.

가끔 우리가 함께 간 식당들을 찾는다. 엄마와 데이트하던 그 식당들이 계속 잘 살아남기를 바란다. 아들이 커서도 함께 갈 수 있도록.

그때가 오면 나는 아들에게 말할 것이다.

엄마와 나의 맛있는 추억에 대하여.

사람은 사라져도 여전히 이어지고 있는 사랑에 대하여.

그랬으면 좋겠다.

내가 내민 손에,

당신이 잡아준 손에,

우리가 맞잡은 손에 기대어,

오늘도 우리 다시, 한 발을 내디딜 수 있다면 좋겠다.

아빠가 가져온 치킨은
한겨울에도 식지 않고 따뜻했어

아빠! 오늘 저녁은 남편도 늦는다고 해서

아들이랑 먹으려고 치킨을 시켰어요.

치킨의 고전, 양념 반 후라이드 반으로!

배달 앱으로 주문을 하고 치킨을 받는데,

갑자기 아빠 생각이 나는 거 있죠.

우리가 어릴 때 먹은 치킨은 다 아빠가 사온 거였잖아.

아빠가 한창 치킨 체인점의 인테리어를 도맡고 있을 때

집에 오실 때마다 들고 오셨던 그 치킨, 지금도 종종 생각나.

신기하게도 아빠가 가져온 치킨은

한겨울에도 언제나 식지 않고 따뜻했어.

아빠가 건네주는 뜨끈한 치킨 상자를 받아들 때면

엄마가 했던 말, 생각나요?

"아유, 당신 또 택시 타고 온 거야?"

그럼 아빠는 멋쩍은 듯 웃으면서 말씀하셨지.

"다 식어 빠진 치킨이 뭔 맛이게."

그것도 모자라서 조금이라도 식을까 봐

점퍼 안에 치킨 상자를 품고 뛰어오셨다는 거,

우리 모두 알고 있었어요.

아빠, 고마워요.

사랑한다는 것은,

그렇게 작은 일 하나에도 온 마음을 다하는 일이라는 걸

가르쳐줘서.

항상 최선을 다해 사랑해줘서.

더할 수 없는 사랑을 받고 자라게 해줘서.

내 아이를 어떻게 사랑해야 하는지를 알게 해줘서.

그 따뜻한 기억으로, 문득문득 다시 행복하게 해줘서.

3장

엄마를 더 크게 안아줄 수 있다면

우리는 누구나 상처 주고
상처받는다

나는 부모님이 나 때문에 상처받을 거란 생각을 해본 적이 없었다. 내가 부모님에게 상처를 받았다는 생각은 한 적 있어도. 사랑하는 만큼 부모한테 잘하는 딸이라고 믿고 있었는지도 모르겠다.

엄마가 돌아가신 뒤 아빠의 병을 발견하고는 싫다는 아빠를 억지로 우리 집에 모셔 왔다. 아빠는 혹여 사위에게 피해가 갈까 그림자처럼 살려고 애를 쓰셨다. 사위가 퇴근하면 방으로 들어가 나오시질 않았고, 주말엔 서둘러 아들들이 오기로 한 당신의 아파트로 돌아가셨다. 낮에도 딸이 자신 때문에 귀찮을까 봐 수시로 산책을 가고, 성당의 노인대학을 빠지지 않고, 사소한 약속들을 잡으셨다. 집에 계실 때도 있는 듯 없는 듯 말씀이 없었다.

조용한 아빠가 언성을 높일 때가 있었다. 집에서 키우는 개, 뭉치가 짖을 때였다. 아빠는 딸이 어렵게 재운 외손주가 깰까 봐 뭉치가 짖으면 소리를 치셨다. 그러면 뭉치는 더 크게 짖었다. 급기야 아빠는 몽둥이 비슷한 걸 찾아 뭉치를 위협했다. 안방에서 젖먹이 아이를 재우다 그 소리를 들은 나는 한껏 짜증이 나서 문을 열고 나왔다.

"그렇게 해서는 짖는 걸 멈추게 할 수 없어. 내가 몇 번을 말해. 그리고 개를 그렇게 때리려고 하면 어떻게 해? 아빠 소리가 더 커서 애 다 깨겠어."

평소 같으면 딸의 핀잔을 듣고 "그래, 알았다" 하실 아빠였다. 하지만 그때의 아빠는 달랐다.

"너는 이 개새끼가 그렇게 중허냐? 아빠가 개만도 못해?"

예상하지 못했던 아빠의 반응에 억울한 마음이 먼저 들었다.

"아빠, 내가 언제 아빠를 개만도 못하게……. 아빠, 어떻게 그런 말을 해? 그동안 내가 엄마 아빠를 어떻게 챙겼는데. 어떻게 그래? 내가 언제 아빠를 개만도 못하게 대했어?

내가 그랬어? 어떻게 이렇게 상처를 줘?"

아빠의 마음은 돌아보지 않은 채 잘한 일만 내세우며 떠들었다. 잘못한 일들도 많겠지만 그런 기억 따위는 잊은 지 오래였다. 내 말을 가만히 듣고 계시던 아빠가 힘없는 목소리로 말씀하셨다.

"나는 너한테 상처 안 받는 줄 아냐?"

외로운 말씀에 정신을 차려보니 부쩍 홀쭉해진 아빠의 볼이 눈에 들어왔다.

내가 숱하게 아빠에게 함부로 떠든 말들이 떠올랐다. 갓난아이를 키우는 딸을 조금이라도 도와주려고 아빠가 설거지를 할라치면 아빠가 하고 나면 또다시 해야 한다며 짜증을 냈다. 뭉치가 오줌을 싼 베란다를 아빠가 청소할 때마다 그러면 개 비린내 더 난다며 아빠가 들고 있는 수도 호스를 뺏듯이 가로챘다. 아빠가 배낭을 메고 멀리 종로에 있는 시장까지 가서 골뱅이 통조림을 잔뜩 사 오신 적이 있다. 딸이 좋아하는 걸 싸게 사겠다고 먼 길을 다녀오신 거였다. 배낭에 가득 찬 골뱅이 통조림을 보는데 복장이 터졌다. 얼마나 무거웠을까. 이깟 게 뭐라고. 속상한 마음에 아빠에게 신경질을 부렸다.

"누가 먹고 싶댔어? 도대체 왜 몸은 안 아끼고 그렇게 사서 고생을 해!"

그랬다. 나는 노인이 된 아빠를 종종 쓸모없고 한심한 사람으로 취급했다.

그래 놓고도 아빠가 받을 상처를 생각하지 못했다. 상처를 주고받지 않는 관계란 있을 수 없다는 걸 알면서, 숱한 세월을 부대끼며 살아온 부모와 자식은 왜 다를 거라고 생각한 걸까.

나는 늘 당연하게 생각했다. 부모라면 자식을 위해서 희생해야지, 부모가 이해해야지, 부모가 그런 거지, 했다. 그랬다면 부모의 권위라도 제대로 지켜줘야 했는데 그러지 못했다. 나는 가벼운 입으로 툭 하면 왜 그러느냐며 부모를 한심해하고 짜증을 냈다.

아빠는 서둘러 자신의 아파트로 갈 채비를 하고 집을 나서셨다. 나는 문 앞에서 아빠를 배웅하며 말했다.

"아빠, 내가 미안해. 속상하게 해서 미안해요."

아빠는 현관문 앞에 어정쩡하게 서서는 오히려 더 미안한 듯 말했다.

"아빠가 못나서 미안하다. 아빠 집에 가 있을게. 박 서방이랑 편하게 쉬어."

돌아서는 아빠의 굽은 어깨가 더 축 처져 보였다. 싸가지 없는 딸 때문에 오늘도 엄마 생각을 하며 막걸리로 속을 달래시겠구나 싶어 마음이 쓰렸다. 아빠가 집에 도착했을 시간 즈음, 전화를 걸었다.

"미안해, 아빠. 내가 사랑하는 거 알지?"

"그럼, 알지. 아빠도 딸 사랑한다. 아빠 신경 쓰지 마."

"아빠가 행복해야 나도 행복해."

"아빠도 그래. 아빠 걱정하지 마."

나는 처음으로 뼈아프게 인정했다. 나만 상처받고 사는 게 아니라는 걸. 나 또한 부모를 비롯한 숱한 사람에게 상처를 줬을지 모른다는 사실을. 아빠는 내가 인생에서 배워야할 또 한 가지를 슬프게 알려주셨다.

때로 우리는
서로에게서 멀리 떨어진다

어느 책에선가, 이런 문장을 읽었다.

가족이란 몰라도 되는 것까지 알게 되는 사이다.

타인이라면 몰랐을 사소한 단점, 버릇, 습관, 속마음까지, 몸을 부대끼며 살게 되면 알게 되는 것들이 있다. 싫든 좋든 서로에 대해 샅샅이 알게 되면서 가족은 때로 서로 진저리를 치고 알게 모르게 상처를 주기도 한다.

반대로 가족이기에 말할 수 없는 얘기들도 있다. 손을 뻗으면 닿을 수 있는 거리에 있지만, 어느 순간 멀게만 느껴지는 그런 순간이 있다.

　엄마가 작은 슈퍼마켓을 할 때다. 여느 날처럼 안부 전화를 하는데 엄마의 목소리가 좋지 않았다.

　"목소리가 왜 그래? 무슨 일 있어?"

　"아니야. 아무 일 없어."

　직감했다. 무슨 일이 생겼구나.

　"왜 그래, 그냥 말해."

　"아니라니깐. 다 엄마가 알아서 할 거야."

　한참을 집요하게 묻고 닦달하니 엄마는 마지못해 털어놓았다.

　"엄마 200만 원 벌금 맞았어. 미성년자한테 담배 팔았다고."

　"신분증 확인 안 했어?"

　"오늘 담배 산 여자가 가게 건너편 3층에 살아. 몇 번 담배 사간 적 있어. 주민등록증 보여주고, 두세 번인가 주민등록증 달라고 했고, 그때마다 보여줬거든. 애가 파마도 하고 화장도 진하게 하고 다녀서 당연히 어른인 줄 알고, 또 아는 얼굴이니까 그냥 준 거야. 우리가 얼마나 철저히 검사하는

데……."

"아니, 근데 경찰이 그걸 어떻게 알고?"

"골목에 계속 경찰차가 서 있는 거 봤어. 근데 걔 표정이, 엄마 얼굴을 못 보더라고. 경찰이 시킨 게 아닌가 싶어. 걔가 자주 남의 주민등록증 들고 담배를 사러 다니니까 그대로 해 봐라, 한 거지."

"아니, 작정하고 속이려는 애를 무슨 수로 알아내? 뭔가 방법이 있을 거야. 너무 속상해하지 말고. 내 친구 중에 경찰 있잖아. 물어볼게."

친구는 사정을 듣더니 말했다.

"사정은 딱한데, 그렇게 걸렸으면 별 방법 없어."

"야, 이거 함정수사 아니야? 일부러 애한테 시킨 것 같단 말이야. 이래도 되는 거야?"

"너 그런 말 하면 오히려 역효과야. 그냥 재수가 없었다고 생각해."

"탄원서 쓰는 건 어떨까?"

"써도 되지. 그런데 기대는 하지 마."

화가 났다. 나이 든 두 분이 아이스크림 팔고 과자 팔고 음료수 팔아서 버는 돈이 한 달에 200만 원이나 될까?

동네 구멍가게 노인에게 그런 일을 당하게 한 아이도, 앞뒤 상황이 뻔히 보이는데도 벌금을 때린 경찰도 원망스러웠다.

나는 아빠 이름으로 탄원서를 썼다. 내용은 대강 다음과 같았다.

이미 신분증을 여러 번 확인한 손님에게 매번 주민증을 요구하는 일은 손님과 시비가 붙을 수 있어 현실적으로 어려운 일입니다. 평소 청소년보호법도 잘 알고 있고 위반 시 얼마나 큰 불이익이 돌아오는지도 알기 때문에 엄격하게 신분증 검사를 해왔습니다. 그러느라 협박도 당했습니다. 담배 하나 팔아 얼마나 남는다고 손주 키우면서 아이들한테 담배를 팔겠습니까? 이렇게 되고 보니 되묻고 싶습니다. 청소년보호법의 취지는 청소년을 보호하기 위한 것 아닙니까? 그 아이는 청소년임을 포기하고 타인의 신분증을 도용하여 행사한 청소년이었습니다. 그런데도 판매 의도가 없는 선량한 소시민에게 이 법이 적용되는 게 과연 옳다고 할 수 있겠습니까? 제가 이런 어려움 속에서 작은 구멍가게를 운영하는 이유는 나이가 들

어도 오로지 제힘으로 아픈 아내와 자립해서 생활하고
싶은 의지 때문입니다.

　탄원서에 엄마의 병명도 얘기하면서 선처를 바란다고 썼
다. 다 쓰고 나니 한숨이 터져 나왔다. 많이 놀랐을 두 분을
생각하니 속이 새까매지는 것 같았다. 이런 일이 있었는데
도 말씀을 안 하셨구나. 핏덩이 같은 아이들한테 협박도 당
하면서 일을 하셨구나. 내가 그동안 듣지 못한 말들은 얼마
나 많았을까.
　엄마는 오랜 시간 장사를 하면서 별의별 사람들을 만났을
것이다. 오늘처럼 수모를 겪은 날도 있었을 것이다. 아빠도
간판 가게와 인테리어 일을 하면서 많은 일을 당하셨을 거
다. 그런데 두 분은 한 번도 그런 내색을 하지 않았다. 차마
자식에게 할 수 없던 그 이야기들엔 얼마나 많은 한숨과 눈
물이 들어 있었을지. 부모란 그런 것이구나, 자신의 고통을
자식에게 함부로 얘기하지 않는 사람, 그게 부모구나, 싶었
다. 이후 탄원서 때문인지 선처를 받았다. 가슴을 쓸어내린
사건이었다.

나는 가까운 부모 자식이라고 해도 할 수 없는 얘기가 있다는 걸 이 일을 겪으며 알았다. 자식이라고 다르지 않다. 나 또한 차마 엄마에게 할 수 없던 이야기가 많았다. 좋은 일과 기쁜 일은 제일 먼저 알렸지만, 험한 일을 당하거나 수모를 겪을 때 나는 얘기하지 않았다.

버스에서부터 작정하고 나를 추행한 남자에게서 도망을 친 날도 나는 대문 앞에서 꺼이꺼이 울다가 울음을 그치고야 얼굴을 매만진 뒤 집으로 들어갔다. 부푼 마음으로 방송국에 입성하고는 글 한 줄 못 쓰고 잡일을 맡던 막내 작가 시절에도, 엄마에게 아무런 얘기 하지 않았다. 미래가 깜깜하게 느껴지던 어느 날도, 숨이 잘 쉬어지지 않을 정도로 아프던 어느 하루도, 실연으로 한없이 방황하며 말라가던 때도 나는 말할 수 없었다. 누구보다 엄마에게만은 그런 이야기들을 할 수가 없었다.

엄마도 나도 차마 서로에게 할 수 없던 이야기가 있었을 것이다. 사랑하기 때문에 그럴 수밖에 없었다는 것을 안다.

부모와 자식은 때로 일부러 서로에게서 멀리 떨어진다. 나 때문에 딸이 아프지 않았으면 하는 마음으로, 나 때문에 엄마가 울지 않았으면 하는 마음으로.

너무 사랑하면 그런 것이다.

엄마가 되어야만
알 수 있는 것들

유년 시절의 일들은 대부분 머릿속에서 흐릿한데, 똑똑하게 기억하고 있는 장면이 하나 있다. 여섯 살 무렵, 우리 집의 궁핍이 가장 심하던 시절, 엄마가 떠나려고 하던 날.

"희야, 엄마가…… 어딜 좀 가야 할 거 같아."

"어딜?"

"돈 벌러……."

갑자기 목구멍이 따가웠다. 울음이 나오려는 걸 참고 물었다.

"언제 오는데?"

"돈이 모이면…… 좀 걸릴 거야. 하지만 꼭 돌아올 거야."

절박하게 붙잡아야 한다는 걸 본능으로 알았다.

"안 가면 안 돼? 힘들어도 그냥 같이 살면 안 돼?"

그 순간, 엄마는 무너졌다. 엄마는 나를 두 살 먹은 아기처럼 안았다. 그제야 나도 마음을 놓고 울기 시작했다.

"그래, 힘들어도 우리 딸이랑 같이 있어야지, 그래야지."

엄마는 그때 간절하게 듣고 싶었던 건 아닐까. 고통스러워도 살아가야만 하는 이유를.

천성이 엄마 바보여서였을까, 아니면 그 사건 이후 엄마가 언제라도 나갈지 모른다고 생각했던 걸까? 나는 엄마랑 떨어지는 걸 유독 힘들어했다. 외갓집에 갔다가 잠시 외출하러 가는 엄마를 따라나서다 혼나고는 벽장 구석에 숨어 울기도 했다. 그런 내가 안쓰러워 막내이모가 업어주면 엄마는 냉정하게 말했다.

"그러면 버릇 들어."

엄마는 늘 밥벌이로 바빴고 자주 집을 비웠다. 가끔 스트레스를 풀러 아줌마들과 고스톱도 쳐야 했다. 데려가달라고 징징거리는 내게 엄마는 단호했다.

"안 되는 건 안 되는 거야."

엄마는 정말 이기적이구나. 언젠가 나는 생각했다. 아이를 낳으면 난 항상 곁에 있어주고 더 많이 품어줄 거야.

하지만 엄마가 돌아가시고 나자 조금이라도 자신을 위해 살았던 엄마가 위안이 됐다. 엄마는 알고 있었다. 엄마가 행복해야 아이도 행복하다는 사실을. 엄마는 충분히 좋은 엄마였다. 내게는 삶을 사랑했던 엄마이기에 더욱 그랬다.

지금도 볼 때마다 마음이 흐뭇해지는 사진이 있다. 동남아 여행을 떠나 패러글라이딩을 하며 하늘로 날아오르는 엄마의 사진. 이런 세상이 있었냐는 듯 놀라운 표정으로 웃고 있는 엄마를 볼 때마다 영화 〈파리로 가는 길〉의 주인공 앤이 떠오른다. 앤은 삶이 얼마나 연약한지, 삶이 고통스러우면서도 얼마나 멋진지 잊지 않으려고, 부적이자 상징인 데이비드의 목걸이를 늘 하고 다녔다. 엄마에겐 '여행'이 그 목걸이가 아니었을까?

엄마는 아빠와 기차를 타고 속초도 가고 경주도 갔다. 아빠와 우리를 집에 남겨두고 계 모임 아줌마들과 울릉도도 가고 완도도 가고 보길도도 갔다. 김장철이 되면 새우젓을 사야 한다며 아들과 며느리 운전사를 대동하고는 강화도에

가며 웃었다. 여행길에서 돌멩이 하나를 보고도 까르르 웃었을 엄마를 생각하면 나도 웃음이 난다.

참 다행이다. 엄마가 삶을 사랑해서. 삶을 즐기는 걸 포기하지 않아서. 그러지 않았다면 오래도록 서글펐을 것이다. 사랑하는 사람을 위해 우리가 해야 할 가장 중요한 일은 스스로 행복해지는 일이라는 것을 엄마를 통해 배운다.

그래도 어린 시절을 생각하면 엄마와 함께이지 못한 시간들이 아쉽다. 내가 스무 살 무렵, 우리는 다시 헤어져야 했다.

"딸, 오빠들 제대할 때까지 혼자 지낼 수 있겠어? 제주도 삼촌이 작은 호텔 식당 운영해보는 게 어떠냐고 해서 아빠랑 의논했어. 딸만 괜찮으면 해보는 것도 좋을 것 같아."

엄마는 자주 먹는 밑반찬 만드는 법 몇 가지를 가르쳐준 뒤 아빠와 함께 제주도로 떠났다. 그곳에서 엄마 아빠가 해물뚝배기, 옥돔구이, 김치찌개를 팔며 번 돈으로 나는 대학을 졸업했다. 엄마가 서울이라는 터전을 정리하고 비행기를 탄 이유가 자식들의 학비를 벌기 위해서였다는 걸 안 건 꽤 시간이 지난 뒤였다.

오륙 년 뒤 애써 자리 잡은 제주도 식당을 정리해야만 했다. 엄마의 심장이 심상치 않았다. 반찬을 만들고 장을 보면서 엄마는 자주 주저앉았다. 가슴에 손을 얹고 가쁜 숨을 몰아쉬는 날이 많아졌다. 어쩌면 큰 수술을 해야 할지 몰랐다. 엄마는 서울로 돌아와 막힌 관상동맥에 스텐트를 심는 시술을 했다. 몇 년 뒤엔 심장 혈관이 기형이라는 것을 알게 됐고 가슴을 여는 대수술도 받아야 했다.

병을 앓으면서도, 수술을 하면서도, 엄마는 일거리를 찾았다. 두 분은 작은 슈퍼마켓을 시작했다. 엄마와 아빠는 고단하고 늦은 퇴근 대신 가게에 딸린 쪽방에서 하루를 마감하곤 했다. 또다시 엄마와 난 한집에서 잠들지 못했다.

결혼을 며칠 앞둔 날, 피부 마사지를 받고는 반질거리는 얼굴로 앉아 있던 내게 엄마가 말했다.

"우리 딸 참 예쁘다. 그러고 보니 우리 딸이랑 너무 떨어져 살았네. 우리 너무 헤어져 살았다. 그치?"

그때 난 엄마의 마음을 알지 못했다. 나는 새로운 시작에 들떠 있는 철없는 예비 신부였다.

엄마가 된 지금에야 헤아린다. 엄마와 떨어지기 싫다며 서럽게 우는 아이를 어린이집에 밀어 넣으면서, 무슨 일이라도 생길까 봐 한시도 아들에게서 눈을 떼지 못하는 나를 느끼면서, 혼나서 펑펑 울고도 언제 그랬냐는 듯 내 품을 파고들어 안기는 아이를 안으면서 깨닫는 것이다. 항상 함께 하며 품어주고 싶었지만 그럴 수 없던 엄마의 마음을…….

뒷북치는 게 특기인 딸은 오늘도 엄마 사진만 하염없이 바라본다.

이별이 슬픈 진짜 이유

"주는 사람."

세상 모든 엄마를 칭하는 다른 말이 있다면 이보다 적당한 말은 없을 거라고 늘 생각했다. 반면에 자식은 '받는 사람'이라고 여겼다. 엄마를 통해 먹고 입고 자고 자라는 동안, 이런 나의 인식은 하나의 버릇이 되어갔다. 늘 주기만 해야 하는 이의 지루하고 고단한 삶을 들여다보는 대신, 게으르고 무심한 자식의 자세로 일관하는 일이 어느새 너무 자연스러워지고 있었다.

오래전 어느 날도 그랬다. 큰아버지의 맏딸인 나이 많은 사촌 언니가 엄마를 찾아와 이야기를 나누고 있었다. 학교

(당시 나는 중학교 2학년이었다)에서 돌아온 나는 가방을 아무렇게 던져놓고는 늘 그렇듯 아무 생각 없이 엄마에게 말했다.

"엄마, 나 배고파!"

내 말이 끝나자마자 엄마의 얼굴이 벌게졌다. 엄마는 잔뜩 흥분해서 내게 소리를 질렀다.

"그 정도 컸으면 네가 먹을 건 스스로 알아서 차려 먹을 줄 알아야지. 언제까지 엄마가 차려줘! 지금 언니 와서 얘기하고 있는 거 안 보여?"

나는 당황했다. 문제가 무엇인지 금방 알아차리지 못했다. 시간이 한참 지나고, 그날의 일을 오래 곱씹고 나서야 짐작했다. 엄마의 상황 따위는 전혀 고려하지도 않은 채 나를 먼저 챙겨달라는 이기적인 딸을 한참 손아랫사람에게 들킨 엄마의 심정을. 그때뿐이었을까. 밖에서 일을 하고 와서도 끝도 없이 이어지는 가사 노동을 하는 엄마를 나는 돌아본 적이 별로 없었다. 엄마가 아플 땐 어땠나. 병원에 입원했다 퇴원한 며칠 뒤에도 무거운 몸을 이끌고 쌀을 씻던 엄마를 지켜보던 내가 아니었나. 우리는 그렇게 알게 모르게 천 근 같은 엄마의 피로를 무심하게 지켜보거나 외면하면서 엄마가 '주는' 것을 그저 '받고'만 살아가고 있었는지 모른다.

철없는 딸도 나이를 먹었다. 결혼을 했고, 가사 노동의 부담이 어떤 건지 조금씩 알아가고 있었다. 신혼, 딸 집에 온 엄마를 위해 밥을 차려드렸다. 이것저것 살림이 서툰 딸을 돕기 위해 잠시 들른 엄마는 허기진 상태였다. 급한 대로 냉동실에 넣어둔 소고기를 꺼내 된장과 약간의 고추장, 마늘, 참기름을 넣고 주물거린 뒤 냄비에 넣어 달달 볶다 물을 부어 고기 육수를 냈다. 거기에 깨끗이 씻은 시금치를 넣고 한소끔 끓여 얼른 상을 차렸다. 시금칫국과 밥 한 공기 그리고 엄마가 보내준 김치. 단출한 한 끼였다. 엄마의 반응은 예상 외였다.

"어쩜 이렇게 잘 끓였니? 정말 맛있다."

늘 내주기만 하던 엄마는 겨우 딸의 국 한 그릇에 감동을 했다. 마음이 갑자기 말랑해졌다. 나는 셀 수도 없이 엄마 밥을 얻어먹고 살았는데, 이제야 겨우 시금칫국 한 그릇을 내드리는구나.

며칠 뒤, 시댁 집들이를 하느라 처음으로 갈비찜을 하고 남은 걸 담아 엄마에게 갖다 드렸다. 더 맛있으라고 살짝 데

운다는 게 그만 타기 직전까지 졸아버린 갈비찜을 아쉬운 대로 가져갔다. 엄마는 한입 맛보더니 "잘했네" 짧게 칭찬했다. 그 순간, 나는 봤다. 붉게 물들던 엄마의 눈시울을.

살림 경력 10년을 넘긴 나는 할 줄 아는 요리가 꽤 늘었다. 엄마에게 배운 대로 디포리와 마른 새우를 넣고 깊은 육수를 내서 황탯국도 끓이고, 마른 고사리를 불리고 삶아 엄마처럼 아주 약간의 물엿(다른 집과 달리)을 넣고 볶아 감칠맛 나는 고사리나물도 만들고, 엄마가 자주 해주던 반짝반짝 윤기 나는 우엉조림과 볶은 당근을 넣고 김밥도 자주 해먹는다. 요리를 할 때마다 한 번씩 엄마 생각이 난다. 이거 엄마도 좋아했을 텐데. 엄마도 잘 드셨을 텐데.

어느 동화에서 그랬던가. 이별이 슬픈 건 더 이상 그 사람을 위해서 해줄 수 있는 일이 없기 때문이라고. 맞다. 지금 나는, 사랑을 받을 수 없어서 슬픈 게 아니라…… 줄 수 없어서 슬프다. 한없이 내어주었던 엄마에게 아무것도 줄 수 없다는 게 그 무엇보다 나를 아프게 한다.

다시 들을 수 없는 말을
생각하는 밤

> 어머니의 칼 끝에는 평생 누군가를 거둬 먹인 사람의 무심함이 서려 있다.

김애란의 단편소설 「칼자국」의 첫 문장을 읽는 순간, 나는 엄마를 떠올릴 수밖에 없었다. 소설 속의 어머니가 20년 동안 칼이 종잇장처럼 얇아지도록 썰고, 자르고, 다지면서 딸을 키운 것처럼, 나의 엄마도 무수한 식당을 차리고 칼질을 하며 우리를 키웠으니까. 그런 엄마의 모습을 떠올리자, 소설의 첫 문장에 한마디를 더 보태고 싶은 충동이 들었다. 어머니의 칼 끝에는 평생 누군가를 거둬 먹인 사람의 무심함, 그리고 '위엄'이 서려 있다고. 엄마에겐 그런 게 있었다. 자신의 음식과 노동에 대한 자부심과 정직한 땀으로 아이들을 키워내고 있다는 당당함. 지금 와서 생각해보면, 그것은 최선을 다해 살고 있는 부모들이 갖는 위엄 같은 것이었다.

내가 스무 살이 되고 서른 살이 되면서 엄마는 늙어갔다. 세월이 흐르면서 나는 그 위엄을 조금씩 잊어갔다. 성장한 딸들이 그렇듯, 엄마에게 잔소리를 하는 날이 많아졌다. 세상에 나가 주워들은 게 많다고 아는 척도 많이 했다. 아들들을 결혼시키고 나서 혹여 엄마가 시어머니 행세를 하는 것 같으면 그러면 안 된다고 엄마를 가르쳤다. 딸의 주제넘은 충고를 한두 마디 듣던 엄마는 결국 내 잔소리가 길어지면 일갈하곤 했는데, 그 말은 소설 속 어머니가 자신을 나무라거나 동정하는 딸에게 성질을 내며 했던 말과 토씨 하나 다르지 않았다.

"내가 네 새끼냐?"

그런데도 나의 잔소리는 더 심해지기만 했다. 언젠가 지리산으로 엄마 아빠와 여행을 갔을 때도 그랬다. 콘도에서 화장을 지우는 엄마를 물끄러미 바라보다 엄마의 코 주변

모공이 많이 넓어진 걸 발견했다. 자세히 보니 몇 군데는 손으로 피지를 짜서 더 커져 있었다. 그걸 보자니 괜히 속이 상해서는 엄마한테 핀잔을 줬다.

"아니, 그렇게 될 때까지 뭐했어?"

순간 엄마는 어이없다는 표정으로 아빠를 향해 구조 요청을 하듯 말했다.

"여보, 얘가 내 코가 이렇게 될 때까지 뭐 했냐네."

아차, 하며 입을 때리고 싶은 순간, 엄마는 잘못도 없이 변명하듯 말했다.

"피부 관리할 시간이 있었게? 먹고 살기도 바빴는데."

엄마의 얼굴이 잠시 외로워졌다.

반성은 짧고 잘못은 반복된다. 폐렴 예방 주사를 맞으러 대학병원에 갔다 온 엄마가 녹초가 되어서 내게 전화를 한 적이 있다. 주사 한 대를 맞는데 접수하고 대기하는 시간이 어마어마했던 엄마는 잔뜩 화가 나 있었다.

"아니, 주사 한 대 맞으러 갔다가 병을 얻어서 온 것 같다니까. 그러니까 미리 예약을 하고 가야 된다 그랬잖아. 그렇게 갔으면 됐을 텐데. 얼마나 고생을 했는지 아니?"

한참 원고를 쓰던 중이라 갑자기 짜증이 치밀어오른 나는 날카롭게 반응했다.

"그러니까 그 말은, 내가 미리 예약했어야 된다는 말이야?"

엄마의 대답을 듣지도 않고 말을 이었다.

"엄마가 미리 말해준 것도 아니고, 내가 일일이 그걸 알아서 다 어떻게 챙겨? 내가 놀아? 일하는 것도 정신없어 죽겠는데. 그럼 나한테 예약해달라고 말을 했어야지. 말도 안 하고 있다가 혼자 갔다 와서는 미리 예약 안 했다고 나한테 뭐라고 하면 어떻게 해."

갑자기 엄마가 조용해졌다. 잠시 후 엄마는 "알았어. 앞으로 너한테 무슨 말을 하나 봐라" 하고 전화를 끊었다. 사실 엄마는 내 탓을 하려던 게 아니었을 거다. 너무 힘들어서 그저 딸에게 하소연을 하고 싶었을 뿐. 엄마는 딸의 말에 마음이 상했다. 어쩌면 앞으로 언제까지 이어질지 모를 투병 기간 동안 자신의 신세를 상상하며 서글펐을지도.

일주일 뒤 엄마와 병원에 다녀오는 길에 한 식당에 들어갔다. 펄펄 끓는 순대국을 앞에 둔 엄마는 여전히 말이 없고 냉랭했다.

"엄마, 아직도 화났어?"

엄마는 무언가를 잃어버렸지만 찾기를 포기한 사람 같은 얼굴로 말했다.

"정 떨어졌어. 딸도 다 소용없어."

한 번도 엄마에게 듣지 못한 얘기였다. 딸인 내게 화가 나고 실망한 적이 없을 리 없겠지만, 자식도 남이구나 하고 고백한 적은 없었다.

6개월 뒤, 엄마는 조혈모세포 이식을 마치고 늘 머물던 슈퍼의 쪽방 대신 성산동에 마련한 작은 아파트로 들어갔다. 작고 오래되고 초라했지만 엄마와 아빠만을 위한 새집이었다. 출근하듯 엄마의 상태를 살피러 가니 엄마가 소파에 앉아 거실 창으로 들어오는 햇볕을 쬐고 있었다. 나를 보자 엄마는 애써 웃음을 지으며 말했다.

"햇볕이 참 좋다."

엄마의 희미한 미소가 채 가시기도 전에 나는 분위기를 엎어버렸다. 엄마의 손에 들린 대파 때문이었다. 이식을 마친 환자는 면역력이 신생아보다 약하다. 그래서 병원에선 보호자들에게 멸균 관리법과 이런저런 소독법을 철저하게 교육시킨다. 작은 균 하나가 생명을 위협할 수 있기 때문이다. 그런데 엄마가 흙이 잔뜩 묻은 대파를 다듬고 있었던 것이다. 나는 아빠에게 분노가 치밀어올랐다. 수없이 말을 해줬는데도 나만 없으면 이렇게 사고가 나다니. 폭발하고 말았다. 힘들게 이식을 받아놓고 이런 거 하나도 조심을 못 하느냐, 도대체 몇 번을 말해야 아느냐, 언제까지 내가 하나부터 열까지 다 챙겨야 하느냐, 원망과 비난을 쏟아냈다. 나는 몰랐다. 내가 죽음에 대한 공포를 느끼고 있다는 것을. 두려움이 나를 극도로 예민하게 만들었다는 것도. 그때 아빠가 딸 얼굴도 보지 못한 채 짓던 씁쓸한 표정을 생각하면 지금도 마음이 아프다. 아빠의 얼굴 뒤로 흐르던 엄마의 말은 또 얼마나 아팠던가.

"내가 죽어야지. 내가 빨리 죽어야지……."

점심 무렵, 나는 청국장을 끓이고 고등어를 구워 상을 차렸다. 엄마와 아빠는 슬프고 서글픈 표정으로 상 앞에 앉으셨다. 엄마는 찌개를 한 숟갈 뜨더니 말했다.

"청국장이 참 맛있다……."

오랜 시간이 지나고 다시 「칼자국」을 꺼내 읽으며 나는 뒤늦게 엄마가 왜 "죽어야지……" 라는 말을 할 수밖에 없었는지를 헤아린다. 엄마는 그날, 딸이 쏘아붙인 말에서 수없는 칼질로 새끼를 거둬 먹인 어미만의 위엄을 잃었다. 자식들의 짐으로 전락한 당신의 처지 또한 비관했을 것이다.

새끼들은 날카로운 손톱으로 아무렇지 않게 어미의 가슴을 할퀴어놓고는 잊는다. 그리고 시간이 흘러 어미를 떠나보내고는 가끔씩 운다. 종알거리는 작은 입에 대고 외치던 그 말. "내가 네 새끼냐?" 하는 그 팔팔한 말이 듣고 싶어서. "너는 그래도 내 새끼지" 하는 그 다정한 말이 듣고 싶어서.

딸들이 엄마를 찾는 이유

서른한 살 때 일이다. 핸드폰에 뜬 방송국 번호만 봐도 화들짝 놀라던 날들이었다. 생방송이 무사히 끝나고 다음 방송을 위한 준비를 마치고 퇴근을 한 뒤에도 PD는 사소한 일들로 수십 번씩 전화를 했다. 그즈음 나는 많이 지쳐 있었다. 물에 젖은 빨래가 되어 엄마를 찾아갔다.

"너 목이 이상해."

"응? 내 목이 왜?"

"튀어나왔잖아. 그것도 많이."

"말라서 그런 거 아니야? 남자들 목젖 나온 것처럼 그런 거 아닐까?"

엄마는 무식한 딸의 말을 일축한 뒤, 당신이 자주 가는 내과에 예약해 딸을 끌고 갔다. 초음파로 본 혹은 2.6센티미터. 모양이 심상치 않았다. 대학병원으로 가서 목에 바늘을 찌르는 세침 검사 후 진단이 나왔다. 갑상샘암. 엄마와 나는 손을 꼭 잡고 집으로 가는 지하철을 탔다. 우리는 서로 무슨 말을 해야 할지 몰랐다. 목적지에 도착할 때까지 엄마는 내 손을 놓지 않았다.

나는 갑상샘을 전부 절제하는 수술을 받았다. 의사는 전이 여부를 알기 위해 주변 조직 열세 군데를 조금씩 더 떼어냈다. 그중 일곱 개가 암이라고 했다. 전이가 되었다는 얘기였다. 내가 만난 가장 친절한 의사인 교수는 차분하게 말했다.

"블랙리스트에 오르셨습니다. 평생 저를 만나야겠네요."

다행히 남은 암세포들은 방사성 동위원소 치료로 잡혔다. 절제한 갑상샘을 대신하려면 평생 동안 매일 아침 호르몬 약을 먹어야 한다고 했다. 더 힘든 환자들도 많은데 그깟 약쯤이야. 엄마도 나도 이 정도인 걸 감사하게 생각했다.

엄마는 내가 퇴원하자마자 유명하고 오래된 갈빗집으로 남자 친구(지금의 남편)와 나를 데려갔다. 수술하면 꼭 고기를 먹어야 한다며. 비싼 소갈비를 원 없이 먹인 뒤 엄마는 혹시라도 남자 친구가 계산을 할까 봐 급히 일어났다. 누가 봐도 비상금으로 보이는 흰 봉투를 가방에서 꺼내며 엄마는 짐짓 위엄 있게 말했다.

"이런 건 엄마가 사주는 거야."

위암이나 폐암과 달리 착한 암이라 불리는 갑상샘암 수술이지만 수술은 수술이었다. 전이가 꽤 진행된 터라 절제 부위가 제법 컸고 한동안 목소리도 돌아오지 않았다. 수술 부위에 피부 감각이 돌아오지 않아서인지 머리를 감으려고 고개를 숙이면 목을 조르는 것 같은 통증에 시달렸다. 프리랜서여서 따로 병가를 낼 수도 없었던 나는 다시 방송국에 나가 나오지도 않는 개미 같은 목소리로 섭외 전화를 돌리고 원고를 썼다. 급격하게 체력이 떨어졌다. 자고 일어난 아침에는 그런대로 견딜 만했지만, 오후 두세 시부터는 극심한 피로가 몰려왔다. 견디다 못해 방송국 내에 있던 한의원에 가서 진맥을 받고 약을 지었다. 한의원을 나서는데 뭔가 마음이 찜찜했다. 엄마는 가슴을 여는 심장 수술을 한 적이 있다. 대수술이었다. 그때 엄마는 얼마나 아팠을까. 보약을 한 제 지어드릴 생각을 그때 왜 못 했을까. 미안한 마음에 엄마에게 문자를 보냈다.

"엄마, 작은 수술을 한 나도 이렇게 힘든데 그때 엄마는 얼마나 아팠어? 나 살겠다고 내 발로 찾아가서 약을 짓는데 엄마한테 미안한 생각이 들어서……."

잠시 후 답장이 왔다.

"딸, 엄마는 딸 말만 들어도 눈물 나서 혼났어. 약도 엄마가 해줘야 하는데, 엄마가 미안하지. 엄마 걱정은 하지 마."

엄마는 나를 살려놓고도 딸의 말에 한참을 울고 미안해했다.

여자들은 자주 아프다. 생리통부터 배란통, 출산, 갱년기까지. 아프면서 늙어간다. 그런데 아내가 자주 아프면 철없는 남편들은 말한다.

"아, 왜 또 아파? 365일 맨날 아파."

엄마들은 딸이 아프면 말한다.

"자꾸 아파서 어떡하니. 엄마가 지금 갈까?"

이러니 여자들은 누구보다 더 오랫동안 마음에 엄마를 품고 살 수밖에 없다.

내가 엄마보다 훨씬 더 컸다면,
그랬다면

유쾌한 모녀 이야기를 읽었다.『엄마야, 배낭 단디 메라』는 엄마와 한 달 동안 배낭여행을 다녀온 에피소드를 담은 책이다. 내용은 시종일관 유쾌했다. 딸이 엄마랑 여행 다녀온 걸 친구들에게 자랑하는 것으로 이야기는 시작된다. 길다면 긴 한 달 동안 티격태격했을 게 분명한데, 딸은 철판 깐 얼굴로 기고만장해서 엄마에게 한참을 떠드는 중이다.

딸　　나 같은 효녀를 둬서 엄마는 좋겠네~

(고개를 숙인 채 딸의 말을 조용히 듣던 엄마. 비로소 엄마의

고백은 시작된다.)

엄마 듣자 듣자 하니까 끝도 없구만. 나도 처음엔 효녀
인 줄 알았어. 서러워서 울 뻔했잖아. 얼마나 구박
을 하던지.

(여행 중 너무 힘들어 무릎을 꿇었던 엄마. 그런 엄마에게 딸
은 교관처럼 말한다.)

딸 효도 여행이 아닙니다! 이 정도 행군으로 지치지 않
습니다! 무릎 꿇지 않습니다!

(드디어 시작된 엄마의 반격)

엄마 내가 무릎을 꿇은 건 추진력을 얻기 위해서다!
네가 딸이냐, 악마지?
(엄마의 발은 정확히 딸의 왼쪽 볼때기를 가격한다.)

재치 넘치는 작가가 전해주는 모녀의 이야기를 보다가 엄
마가 병원에 있을 때 내가 한 약속이 떠올랐다.

"엄마, 이식 잘 받고 건강해지면, 내년에 홋카이도로 여
행 가자. 거기 온천이 그렇게 좋대. 우리도 뜨끈한 노천탕에

몸 푹 담그고 눈 맞으면서 설경을 보는 거야. 끝내주겠지?"

엄마는 힘은 없지만 제일 좋아하는 여행 얘기가 나오자 반가워하며 말했다.

"좋지."

엄마의 병은 재발했고 우리의 계획은 무산되었다.

그래서였을까? 나는 이 책 속의 건강한 두 모녀가 누구보다 부럽고 좋았다. 때때로 마음이 안 맞아 실랑이를 했어도, 서로를 이해하는 일이 낯선 나라를 여행하는 일보다 힘이 들었어도, 두 사람이 아주 오래오래 그 여행을 추억하게 되리라는 걸 나는 알았다.

특히 동남아의 어느 노을 진 해변을 함께 걷던 그날을 두 사람은 잊지 못할 것이다. 여행 온 지 열흘이 지났을 때, 아름다운 해변을 함께 걸으며 딸은 묻는다.

"엄마, 여행 오니깐 좋지?"

딸의 질문에 엄마는 엉뚱한 대답을 하고 그 말은 딸의 걸음을 멈추게 만든다.

우리 엄마 보고 싶다.

엄마는 그날, 그 아름다운 곳에서 자식들에게 제대로 된 보살핌을 받지 못하고 요양원에서 도망치듯 세상을 떠난 당신의 엄마를 떠올리며 울었다. 할머니 이야기를 들으며 딸도 덩달아 울었다. 딸은 처음부터 자신의 엄마였던 엄마도 딸이었다는 것을, 엄마를 그리워하는 여린 딸이라는 것을 새삼 깨닫는다.

누구나 그 장면을 읽는다면 딸이었던 엄마를 한번 돌아보았을 것이다. 나 또한 그랬다. 열두 살 나이에 집을 나올 수밖에 없었던 어린 엄마가 떠오르면서 울컥했다. 엄마는 보살핌을 받아야 할 어린 나이에 부모의 품을 떠나 독립을 먼저 배워야 했고, 20대에 엄마가 되고는 누군가의 보호자로 살았다. 기대고 싶을 때, 울고 싶을 때, 인생의 서러움이 밀려들 때마다 엄마는 억지로 견디거나 혼자 울었을 것이다. 그래도 자신의 엄마를 살뜰하게 챙기던 엄마. 서울에 할머니가 올라오시면 엄마는 내게 말했다.

"5만 원이라도 챙겨드려. 손녀딸이 주는 건 또 기분이 다르니까."

늘 혼자 참고, 혼자 이겨내고, 혼자 해결하던 시간에 길들여졌기 때문일까. 엄마는 투병하는 동안 언니도 동생들도 부르지 않았고, 멀리 사는 자매들이 자주 오지 못해도 서운해하지 않았다. 딱 한 번, 이식을 받고 약해질 대로 약해진 엄마는 언니가 한번 와줬으면 했다. 큰이모는 잠시 와서 엄마가 좋아하는 서대조림도 해주고 맛난 무생채도 무쳐주셨다. 고마워해야 할 상황인데도 엄마는 한두 번 큰이모를 타박했다. 설거지통으로 쓰는 스텐 볼에 쌀을 씻고 반찬을 무치자 정색을 하며 말했다.

"냄비도 많고 바구니도 많은데 왜 하필 설거지통에다 반찬을 해. 아니, 그걸 말을 해야 알아?"

옆에서 듣는 내가 더 미안했다. 큰이모는 멋쩍은 듯 말했다.

"깨끗이 씻었어야. 암시롱도 안 혀."

며칠 뒤에 이 일을 엄마에게 조용히 얘기했다. 경우 바른 엄마가 그럴 리가 없는데, 하면서. 엄마는 내 얘기를 들으면서 별 대꾸를 하지 않았다. 그때 엄마는 자신의 엄마에게 하고 싶었던 걸 언니에게 한 건 아니었을까. 육십 평생을 살면서 누군가에게 한 번도 부려보지 못한 투정과 응석을 유일

한 언니에게 부리고 싶던 건지도.

엄마가 떠나기 꼭 1년 전에 할머니가 돌아가셨다. 엄마는 발병 후라서 몸이 몹시 좋지 않았다. 그런데도 상관없이 장례식장에서 문상객들을 맞으며 밤을 새웠다. 그것이 딸의 마지막 도리라며.

할머니의 입관식이 있던 날, 염하는 모습을 지켜보던 엄마는 울지 않았다. 담담한 모습으로 할머니 가시는 길을 끝까지 지켜봤다. 그러다 돌아서서 뒤늦게 나를 발견했다. 엄마는 그제야 눈물을 흘리며 내게 안겼다. 흐느끼는 엄마를 안고서 등을 토닥였다. 엄마를 안으면서 나는 처음으로 내가 참 작다는 생각을 했다. 내가 엄마보다 훨씬 컸으면 더 좋았을 텐데. 그랬다면 내 가여운 엄마를 더 크게 안아줄 수 있었을 텐데.

그때, 나는 기도했다. 다음 생에는 엄마가 나의 딸로 태어나게 해달라고. 그래서 꼭, 딸이 된 엄마를, 더 많이 더 크게 더 따뜻하게 안아주게 해달라고.

감추고 싶었지만
감출 수 없었던 마음에 대하여

나를 낳던 날, 엄마는 내가 딸이라는 걸 알자마자 이런 마음부터 들었단다. '이 아이도 나처럼 이 처절한 고통을 겪겠구나.'

엄마의 그 마음을 자라면서 자주 느꼈다. 어쩌다 뒤통수가 뜨끔해지는 느낌이 나서 돌아보면 엄마가 나를 보고 있었다. 애틋한 눈빛에는 기대와 걱정과 미안함과 안쓰러움이 섞여 있었다.

아픈 엄마를 대신해 은행 업무들을 정리하던 날이었다. 침대에 누워 가만히 나를 바라보던 엄마가 나직한 목소리로 내게 말했다.

언젠가 본 드라마 대사와 똑같던 엄마의 말을 생각할 때면 가슴 한쪽이 아릿하다. 엄마는 내게 어떤 마음을 전하고 싶었던 것일까.

나는 오빠만 둘인 막내딸이었다. 엄마는 나를 친구처럼 여겼다. 내 얘기에 언제나 귀를 기울이고 소심한 고민이나 작은 농담도 신통해하고 재밌어했다. 내 얘길 들으며 활짝 웃는 엄마를 볼 때마다 나는 사랑받고 있다고 느꼈다.

엄마가 전수해준 "신발이 다 닳도록 반을 위해서 뛰겠다"는 촌스러운 공약으로 나는 줄곧 반장을 꿰찼고, 엄마를 기쁘게 했다. 엄마는 강요하는 법이 없었고 공부를 하라는 잔소리도 하지 않았다. 대신 믿는다는 말을 자주 했고 그 말은 내게 몹시도 무거웠다.

엄마는 내가 좋은 결과를 낼 때 칭찬과 인정의 말을 아끼지 않았지만 기대에 부응하지 못할 때는 섭섭함을 감추지 못했다. 특별히 나무라거나 실망했다는 말을 하지 않아도 예민한 나는 말이 없는 엄마의 뒷모습에서 마음을 읽었다.

때때로 나는 괜찮다는 말이 듣고 싶었다. 그래도 괜찮다는 말이. 노력한 만큼 결과를 받지 못하거나 내 무능함을 깨달았을 때 괴로워하는 것 말고 어떻게 해야 할지 잘 몰랐다. 실패나 좌절에 대처하는 법을 배우지 못했다. 어른이 돼서도 인생의 크고 작은 실패에 그렇게 의연한 편이 아니었다. 일희일비하는 경우가 많았다. 마음을 많이 다치고 바닥까지 가고 나서야 겨우 다시 올라올 수 있었다.

살아보니 그렇다. 실패 앞에서 어떤 태도를 갖느냐에 따라 인생의 그림이 달라진다. 실패를 무겁게 바라보며 상심하고 자책하다 보면 다시 일어설 용기는 달아나버린다. 이럴 때는 멀리 보는 게 필요하다. 한 번 넘어졌다고 인생이 어떻게 되지 않는다고, 그래도 괜찮다고, 사람은 누구나 실수와 실패를 통해 더 많은 것을 배운다고 생각하면 좋다. 그래야 우리는 두려움 없이 다시 걸을 수 있으니까. 나는 그 말을 많이 듣지 못했다.

지금도 기억한다. 대학 입시 면접을 보고 들어오던 날, 뒤

돌아 누워 있던 엄마를. 그게 실망의 표현이라는 걸 알았다. 엄마는 "넌 내 꿈이야! 내 전부야" 하며 자식에게 모든 걸 거는 엄마는 아니었다. 딸의 뜻과 인생을 존중했다. 자신의 삶과 자식의 삶을 분리하며 자식에게 부담을 주지 않으려고 했다. 하지만 영특하고 뛰어났음에도 불구하고 기회를 갖지 못한 엄마 대신 딸이 더 많이 빛났으면 하는 마음이 엄마 가슴 한쪽에 자리 잡고 있다는 걸 나는 모르지 않았다.

대학에 붙었지만 기대했던 성과는 아니었기에 재수를 하고 싶다는 내게 엄마는 담담하게 말했다.

"지금까지도 약한 몸으로 힘들게 공부했는데, 그만하자."

그렇게 간 대학에 마음을 주지 못했다. 전공에는 관심도 없었던지라 엄마가 바라는 장학금은 한 번도 타지 못했고, 강의실에 앉아 있는 대신 탁 트인 캠퍼스 잔디에서 술을 마시는 날이 많았다. 교직을 이수할 수 있는 기회가 있는데도 하지 않았고 내심 선생님이 되기를 기대했던 엄마의 바람도 무시했다. 대학 4년 내내 방황했다. 어쨌든 무사히 졸업장을 받았다. 당시 제주도에서 식당을 하던 엄마는 졸업식에 오지 못했다. 나는 작은 화장품 선물과 함께 졸업장을 비행기에 실어 엄마에게 보냈다. 그것으로 엄마에게 미안한 마음을 전하고 싶었다.

몇 년 뒤, 그때 같이 있던 새언니로부터 엄마가 많이 울었다는 얘기를 들었다. 내가 함께 보낸 화장품이 그만 터져 흘러서 졸업장이 엉망이 됐던 것이다. 엄마는 딸이 졸업을 한 게 기뻐서 울었을까? 졸업장이 얼룩진 게 슬퍼서 울었을까? 아니면 거기까지 같이 달려온 엄마와 나의 세월을 생각해서 울었을까?

이따금 생각한다. 니가 나고 내가 너야, 라고 말하던 엄마를. 내 기쁨과 슬픔을 나보다 더 기뻐하고 슬퍼하던 엄마를. 자신이 못다 이룬 꿈이 혹여 딸을 짓누를까 봐 자신의 마음을 경계하려고 노력하던 엄마를. 그러나 때로 감출 수 없었던 그 마음을.

끝내 들어주지 못한 말

엄마가 입원해 있을 때였다. 뭔가 좋은 생각이 난 듯 약간 설레는 얼굴로 엄마가 말했다.

"딸, 이런 거 어때? 일하는 딸에게 엄마가 전해주는 레시피. 너랑 나랑 책을 내는 거야."

내가 그때 한숨을 쉬었던가.

이식을 해야 할지, 아니, 엄마랑 맞는 골수는 있을지, 엄마는 이대로 어떻게 되는 건지, 머리가 터질 것 같은 시간이었다. 나는 누가 봐도 건성으로 대꾸했다.

"응. 뭐……."

엄마는 딸의 뜨뜻미지근한 반응에 불쑥 말했다.

"너는 한 번도 내 말을 들어주지 않더라."

엄마는 더 이상 아무 말도 하지 않았다.

가끔, 그 말을 생각했다. 너는 한 번도 내 말을 들어주지 않더라.

그게 무슨 뜻이었을까.

언젠가 엄마가 밤에 내게 전화를 한 적이 있다. 알코올 기운이 미미하게 느껴지던 목소리.

"딸, 뭐 해?"

"왜? 무슨 일 있어?"

"아니, 그냥."

"무슨 일 있는 것 같은데?"

"아니, 그냥…… 사는 게 쓸쓸해서."

나는 조금 쌀쌀맞은 목소리로 말했다.

"엄마, 술 마셨어?"

"응. 조금 마셨지."

피곤했던 나는 좀 짜증스럽게 물었다.

"아빠랑 싸웠어?"

"네 아빠, 말없이 삐지는 거 하루 이틀이냐. 그냥 엄마 인생이……."

　듣고 싶지가 않았다. 자주 하는 하소연도 아니고 이런 날이 1년에 하루가 될까 말까 하는 걸 알면서. 삶 앞에서 누구보다 의연한 엄마라는 걸 알고 있었으면서. 듣기가 싫었다. 아빠를 흉보는 것도 싫었고 이런 얘길 술기운에 빌려 하는 건 더 싫었다. 그럴 때의 나는 내가 생각해도 매정했다.

　"엄마도 이혼……."

　극단적인 말이 나오려는 기미가 보이자 나는 딱 잘랐다.

　"엄마, 피곤하면 그냥 자."

　"알았다. 엄마가 딸한테 괜히 쓸데없는 말했네. 자라."

　생각해보면 나는 이런 식이었다. 때때로 차가웠다. 엄마가 여자로, 아내로, 사람으로 흔들리는 모습을 보이려고 하면 뒤돌아섰다.

　변명하자면, 사랑하기 때문에 그랬다. 엄마의 쏟아지는 눈물을 보고 있으면 가슴이 무너지는 것 같았다. 엄마의 슬픔, 엄마의 서러움, 엄마의 회한 이런 것들이 막힌 구멍이 뚫린 것처럼 쏟아져나오면 어쩌나. 감당하기가 무서웠다.

　엄마는 엄마다웠으면 하는 바람. 각자 인생의 무게는 각자가 책임졌으면 하는 마음. 나는 때때로 선을 그었다. 엄마, 여기는 넘어오면 안 돼. 거기 있어야지. 거기가 엄마의 자리야!

우리가 각자의 자리에서 선을 넘어가지 않을 정도로 사는 일이 만만하면 얼마나 좋을까. 때때로 우리는 무력해진다. 내가 그동안 무얼 한 건가. 나는 무엇을 할 수 있을 것인가. 세상의 먼지처럼 느껴지는 날은 또 얼마나 많은가. 그럴 때 우리는 묻고 싶어진다. 나는 괜찮은 사람인가. 나는 잘하고 있는 건가. 나는 너에게 중요한 사람인가.

엄마도 그랬을 것이다. 그래도 잘 살아오지 않았느냐고. 엄마 같은 아내가, 엄마 같은 엄마가 어디 있느냐고. 오늘 그렇게 속상해도 또 며칠 지나면 괜찮아질 거라고. 내가 있지 않느냐고. 엄마는 그런 말이 듣고 싶었을 거라는 걸 안다. 하지만 냉정한 나는 그렇게 해주지 못했다.

엄마가 누구에게도 말하지 못한 외로움을 전했던 건 나를 어른으로 인정했기 때문일 것이다. 누구보다 딸에게 다시 인정과 위로를 받고 나면 툭툭 털고 다시 나아갈 힘을 얻을 수 있을 것 같아서. 그런데 나는 언제나 그랬던 것이다. 엄마, 넘어오면 안 돼! 엄마 자리에 있어!

엄마 말이 맞았다. 나는 엄마 말을 들어주지 않았다. 제대로 귀 기울이지 않았다.

내게 엄마는 친구였고, 언니였고, 선배였는데……. 나는 힘들면 제일 먼저 엄마에게 달려가 말했으면서. 그럴 때면 엄마는 늘 내가 듣고 싶은 말을 해주곤 했는데. 네가 잘못한 게 아니라고. 너는 잘하고 있다고. 잘할 거라고. 잘될 거라고.

다 들어주지 못한 그 말 때문에…… 오늘도 나는 엄마의 얘기를 쓰고 있는 건지 모른다.

나는 기도했다.

다음 생에는 엄마가 나의 딸로 태어나게 해달라고.

그래서 꼭, 딸이 된 엄마를,

더 많이 더 크게 더 따뜻하게 안아줄 수 있다면 좋겠다고.

마늘장아찌는
영원히 버리지 못할 것 같아

우리집 김치냉장고에는 아직도

엄마의 마늘장아찌가 있어.

도톰한 삼겹살이나 바짝 구운 소불고기를 먹을 때면

항상 엄마가 내오던 그 마늘장아찌.

엄마가 떠난 뒤 엄마가 담가둔 마늘장아찌를

몽땅 가져왔었어. 꽤 양이 많았지.

아껴 먹으면서 오래오래 보관하려고

김치냉장고에 넣어놨거든.

그게 1년이 되고 2년이 되고…… 벌써 8년이 되었네.

자꾸 꺼내 먹다가 다 없어지면 어쩌지, 하는

걱정 때문이었을까.

언제부턴가 마늘장아찌를 찾지 않았어.

그러다 이제는 너무 시큼해져서

꺼내 먹기도 어렵게 되어버렸지.

그래도 버리지는 못하겠어.

엄마, 나 같은 사람이 꽤 있더라.

어떤 딸은 돌아가신 어머니가 해준 무생채를

냉장고에 12년 동안 넣어놓고 있대.

이사할 때도 빼놓지 않고 가져갔대.

엄마의 김장김치를 냉동실에 꽁꽁 얼린 남자의 얘기도,

엄마의 스웨터를 빨지 않고 자기 방에 걸어두고는

엄마 냄새가 맡고 싶을 때마다 들여다본다는

다 큰 남자의 얘기도 들은 적이 있어.

다 잊지 않고 싶어서겠지.

아니, 늘 함께하고 싶어서겠지.

김치냉장고를 열어 마늘장아찌를 볼 때마다

엄마가 내게 싸주던 수많은 것을 생각해.

찐득한 고추장 양념 때문에 물리지 않았던 멸치볶음.

국에 넣으라며 한 끼씩 먹기 좋게 데쳐서 얼린 시금치.

딸이 좋아한다며 밤을 얇게 채쳐 넣어 담가주던

달짝지근하면서도 쌉쌀했던 고들빼기김치.

엄마, 나는 오늘도 마늘장아찌 유리병 속에

가라앉은 뿌연 간장을 보면서

내 안에 고여 있을 엄마의 맛,

엄마의 흔적을 생각하고 있어.

아무래도……

앞으로도 마늘장아찌는 버리지 못할 것 같아.

4장

조금 더 의연하게
살아가기 위하여

나는 조금 더 나은 사람이
되고 싶었다

"선생님이 네가 우등생 중에 우등생이라고 칭찬을 한참 하시더라. 학교에서 병원비 다 대줄 테니 걱정 말라시면서."

중1 무렵, 피구를 하다 손가락이 부러져 치료를 받고 돌아오는 길이었다. 딸은 어이없고 아파 죽겠는데, 엄마는 뭐가 그렇게 좋은지 한참을 웃으며 말했다. 그때 엄마를 보며 생각했다. 공부건 예체능이건 글쓰기건 내가 좀 더 뛰어난 사람이 되면 좋겠다고.

대학교 1학년 때, 내겐 주말이 없었다. 경마장에서 이루어지는 경기를 스크린으로 중계하는 마사회 지점으로 출근하느라 그랬다. 주말만 일하고도 꽤 두둑한 봉투를 받을 수 있는 아르바이트였다. 매표소에서 마권을 발매하는 게 내일이었다. 일은 크게 어렵지 않았지만, 돈을 잃은 사람들이 욕을 하거나 술에 취한 사람들이 행패를 부릴 땐 몇 번이나 그만두고 싶었다. 주말이 없다는 것도 생각보다 숨 막히는 일이었다. 늦잠도, 데이트도, 주말 여행도 다 포기해야 했으니까. 그래도 꾸역꾸역 출근을 했다. 당시 마사회에서는 아르바이트생에게도 보너스는 물론 이런저런 기념 선물을 챙겨줬는데 그게 꽤 쏠쏠했다. 엄마는 그때 내가 받은 밥솥으로 밥을 해서 식당 손님들에게 내놓았다.

"이게 얼마나 밥이 맛있게 되는데. 몇 년을 써도 밥맛이 그대로야."

기껏 밥솥만으로도 뿌듯해하는 엄마를 보며 이런 생각을 품었더랬다. 큰 회사에 들어가고 싶다. 보너스는 물론이고 선물도 빵빵하게 주는 그런 회사.

엄마가 병원에 입원을 했다. 환자복을 입은 엄마를 처음 보니 기분이 이상했다. 파리해진 엄마를 보고 있자니 마음이 쓰렸다. 주변에 아는 의사가 한 사람이라도 있었으면. 그랬으면 더 빨리 입원하고 덜 기다렸을까. 갑자기 유명한 사람이 되고 싶어졌다. 내 이름을 대면 누구나 알 만한 사람.

어디를 가도 이분이 그분이냐며, 뭔가 남다른 대우를 해줄 만한 그런 사람. 엄마가 나 때문에 귀한 대우를 받는 상상을 했다.

엄마가 동남아로 처음 해외여행을 가기로 한 며칠 전이었다. 우리 집엔 그 흔한 트렁크도 없었다. 비행기를 타고 4박 5일이나 있다 오는데 트렁크가 없으면 말이 안 되지. 몇십만 원 하는 트렁크를 사주고 싶은 마음을 뒤로하고 통장의 현실을 감안해 쇼핑몰을 눈 빠지게 뒤지면서 트렁크를 구입했다. 배송 온 트렁크는 그럭저럭 쓸 만했지만, 어쩐지 내 눈에 초라해 보였다. 사람들이 다 알 만한 명품 트렁크였다면 폼이 좀 날 텐데. 설레는 마음으로 짐을 쌀 엄마를 떠올리니 돈을 아주 많이 버는 사람이 되고 싶어졌다.

엄마를 보면서 나는 늘 어떤 사람이 되고 싶었다. 뛰어난 사람, 유명한 사람, 큰 회사에 다니는 사람, 돈이 많은 사람……. 그러나 그렇게 되지 못했다. 곧잘 하던 공부도 정작 입시 때는 기대에 부응하는 결과를 내지 못했고, 안정적인 회사원 대신 늘 불안한 프리랜서가 됐다. 어찌어찌 방송 작가가 됐지만, 수억씩 번다는 유명한 스타 작가는 상위 1퍼센트의 얘기였다. 공중파 방송국에서 10년 넘게 작가로 일하는 동안 상황이 안 좋으면 제일 먼저 작가들 고료가 깎이는 걸 숱하게 봐왔다. 원고료 책정에 마땅한 기준도 없고, 나이 어린 작가들은 메인 작가가 되어도 고료부터 삭감당하는 일이 흔했다. 그걸 고개 빳빳이 들고 프로듀서한테 항의하다 관계자들한테 밉보이기도 했다. 그마저도 아이를 낳고는 하기 버거워서 가끔 들어오는 대로 공공기관의 사내 방송 원고를 쓰며 아이를 키웠다.

마음에서 무언가 되고 싶다는 열망을 늘 들끓게 하던 엄마가 막상 떠나고 나자, 그리고 나이가 들자, 많은 것이 시들해졌다. 내가 원한다고, 내가 아등바등 노력한다고 해도 이루어질 수 없는 것들이 인생에는 더 많다는 걸 알아버렸기 때문이다.

그래도…… 포기하고 싶지 않은 것들이 있다. 상실을 겪으면서 조용히 품게 된 희망. 어제보다 오늘, 오늘보다 내일, 조금 더 많이 사랑하는 사람이 되고 싶어졌다. 사랑하는 사람을 보내보니, 나 자신은 물론 함께 살아가는 사람들도 종종 안쓰러웠다. 누군가를 잃고도 밥을 먹고 일을 하고 다시 웃기 위해 애를 쓰며 살아가는 사람들이 보였다. 가슴에 구멍이 뚫린 채로 아이를 낳고 키우고 아픈 가족을 돌보는 사람들이 보였다. 실패하고 좌절하고 상실을 겪으며 또 하루를 사는 사람들이 보였다. 이름도 모르는 그들을 바라볼 때면 그 마음 나도 안다고 가만히 말해주고 싶은 충동이 들곤 했다.

저마다의 삶의 무게를 지고 걸어가는 사람들을 생각하면서 누군가에 대한 화도 조금씩 누그러지기 시작했다. 저 사람도 아픔을 겪었겠지. 언젠가 저들도 이별을 하겠지. 슬픔을 품고 다 살아가겠지. 그런 생각을 하면 누군가를 미워하는 마음을 조금은 내려놓을 수 있었다.

다시 글을 쓰기 시작했을 때는 생각했다. 내가 할 수 없는 일에 욕심이나 희망을 갖는 대신 내가 할 수 있는 일을 성실하게 꾸준히 하면서 살 수 있다면 좋겠다고. 내가 어떻게 할 수 없는 결과에 연연하기보다 매일 노력하는 나를 스스로 칭찬할 수 있다면 좋겠다고.

엄마가 내게 남긴 마지막 말은 "우리 딸, 최고"라는 말이었다. 긴 말을 하는 게 힘들었던 엄마는 그러면서 엄지손가락을 들어 보였다. 엄마가 할 수 있는 최고의 응원이었다.

나를 가장 잘 아는 엄마의 확신에 찬 그 말을 생각하면 언제나 용기가 난다. 나를 계속해서 믿어주고 싶다.

어쩌면 엄마가 바랐던 것이 그런 것이었을까. 끝까지 나 자신을 믿고 나아가는 것.

그런 거였다면 엄마가 옳았다고 말해주고 싶다.

결코 손을 놓지 않는 존재

그는 어릴 때부터 뭐 하나 잘하는 게 없었다. 음악 선생도, 미술 선생도, 무용 선생도 모두 고개를 저었다. 심지어 한 선생은 이렇게 말했다. 얘처럼 재주 없는 아이는 한 번도 만나본 일이 없다고. 그런데도 어머니는 그에게 늘 말했다. 넌 특별하다고! 빵점을 받아와도 어머니는 자신 있게 말했다. 그 선생들, 나중에 후회할 거야! 어머니는 줄기차게 말한다. 넌 장교가 될 거야! 위대한 작가가 될 거야! 외교관이 될 거야!

터무니없어 보이는 어머니의 바람은 이루어질까? 놀랍게

도 그는 어머니의 꿈을 하나씩 이뤄낸다. 중편소설을 발표하며 작가로서 인정받고, 전쟁터에서 불사조처럼 살아나서 훈장을 받고, 외교관의 자리에 오른다. 하지만 그걸 이루는 3년 6개월 동안, 그는 어머니를 만나지 못한다. 대신 편지를 주고받는다. 무려 200통이 넘는 편지였다.

이제 곧 자랑스럽게 어머니를 만나러 갈 시간. 아들은 엄마의 편지를 받는다.

> 사랑하는 내 아들아, 우리가 헤어진 지 어언 여러 해가 지났구나. 난 이제 네가 날 보지 않는 데 길이 들었기를 바란다. 왜냐하면 결국 난 영원히 있을 수는 없으니 말이다. 내가 너를 한 번도 의심해본 일이 없음을 명심해라. 네가 집으로 돌아와 모든 것을 알았을 때 나를 용서해주기 바란다. 나는 달리 할 수가 없었단다.
>
> _로맹 가리, 『새벽의 약속』

도대체 어머니에게 무슨 일이 있었던 것일까?

어머니는 죽기 앞선 몇 달 동안 거의 250통의 편지를 썼고, 그것을 스위스에 있는 한 친구에게 보냈다. 자신이 죽고 나서 편지가 아들에게 규칙적으로 발송될 수 있도록.

로맹 가리Romain Gary의 자전소설 『새벽의 약속』에 나오는 실화다. 책을 다 읽고 나면 누구나 느끼게 된다. 부모는 자식을 이길 수 없다는 말은 틀렸다는 걸. 죽도록 노력해도 우리는 그 사랑을 뛰어넘을 수가 없는 것이다.

엄마의 병이 재발한 뒤, 멍한 표정으로 병원을 휘적휘적 헤매고 다닐 때였다. 병원에서 엄마를 늘 살펴주시던 수녀님과 마주쳤다. 수녀님은 나를 붙잡고 엄마가 했던 얘기를 전해주셨다.

"수녀님, 지금 제가 겪는 이 모든 고통을 하느님께 바치고 싶어요, 딸을 위해서…… 고통을 끌어안고 십자가에 오른 그분처럼, 저도 제게 주어진 모든 고통을, 딸을 위해, 기꺼이 안고 갈 수 있으면 좋겠어요."

각박한 삶과 병마에 시달리느라 성실하게 성당에 나가지 못한 죄책감 때문에 낫게 해달라는 기도조차 선뜻 하지 못했던 엄마가, 마지막에 간절히 바란 것은 오직 하나였다. 오늘 비록 극심한 고통을 겪지만 그 고통을 기꺼이 감내할 테니 딸에게는 평화가 가득하기를. 당신이 떠난 뒤에도 엄마의 무한한 사랑이 이어지기를 바랐던 것이다.

언젠가 농담처럼 엄마에게 말한 적이 있다.

"내가 엄마를 더 좋아하는 것 같아!"

바보 같은 말이었다. 나는 결코 엄마의 사랑을 넘어설 수가 없다. 죽음의 고통 앞에서도 자식을 잊지 않는 사람, 자식을 위해서라면 그 무엇도 기꺼이 끌어안으려는 사람, 그게 엄마니까.

그 후로 나는 종종 생각했다. 엄마의 고통이 헛되지 않게 나는 무엇을 할 수 있을까. 어떻게 살아야 할 것인가. 그 질문은 평생의 숙제가 되어버렸다. 엄마들이란 죽어서도 끝끝내 자식의 손을 놓지 않는 존재인 것이다.

결국, 다 놓아버리고 싶었던 나를, 약해빠진 나를, 엄마는 기어이 이렇게 노트북 앞에 끌어 앉혔다.

나는 엄마한테 졌다. 자식은 결코 부모를 이길 수 없다.

나를 사랑하기 위해
첫 번째 할 일

"딸, 밥은 먹었어?"

가끔 엄마의 단골 레퍼토리가 듣고 싶다. 이어지던 엄마 표 애교도.

"엄마가 지금 갈치조림 했는데, 이거 우리 딸이 좋아하잖 아. 잘 먹었을 텐데…… 아빠 엄마만 먹으려니 차마 안 넘어 가서 전화했지."

하루의 피로가 뭉근한 말들로 녹아내리던 시간이었다.

"아휴, 엄마, 괜찮아! 벌써 맛있는 거 사 먹었지. 내 생각 말고 많이 드셔!"

정말 괜찮았다. 엄마가 식구를 위해 마련해준 숱한 상차

림은 애정과 추억과 위로와 격려가 되어 몸 안에 나이테처럼 남아 있었으니까.

전주에서 태어난 엄마의 DNA에는 그 지방의 고유한 맛과 솜씨가 있는 것 같았다. 가장 중요한 재능은 요리를 좋아한다는 거였다. 좋아하면 잘하게 된다는 걸 엄마로부터 느꼈다. 엄마가 기쁘게 차려준 식탁은 삶의 보약이었다.

고단한 한 주를 보내고 금요일 오후가 되면 종종 엄마에게로 달려갔다. 엄마는 딸을 위해 얼른 불고깃감 한 근을 끊어다 빠르게 재워 프라이팬에 볶았다. 고기가 다 볶아질 때쯤 쪽파를 숭덩숭덩 길게 썰어 넣고 숨이 죽으면 불을 껐다. 나는 어릴 때부터 고기 특유의 누린내에 민감했는데 엄마의 불고기는 잡내가 나는 법이 없어서 좋아했다. 숯불에 구운 듯 바짝 볶아진 소고기는 달큼한 쪽파와도 잘 어울렸다. 맛있는 시간이 시작되려고 할 때면 아빠는 다디단 표정으로 말씀하셨다.

"맥주 줄까? 아니면 매실주 하나 따줘?"

가족의 생일이나 행사가 있어 온 가족이 모이는 날엔 아빠가 중앙시장에서 펄떡대는 장어를 사서 뛰어오셨다. 명절날 전 부칠 때 쓰던 대형 전기프라이팬이 달궈지면 도톰한 장어를 올렸다. 치이익 소리를 내며 장어가 초벌구이 될 동 안 엄마는 고춧가루와 고추장에 마늘을 듬뿍 넣고 사이다를 가미해서 엄마만의 특제 소스를 만들었다. 노릇해진 장어에 양념장을 발라 구우면 침이 꼴깍거리는 유혹의 냄새가 퍼져 나갔다. 이어지던 식구들의 추임새.

"동네 사람 환장하겠네!"

스태미나의 왕이라는 장어 꼬리가 맛있게 익으면 엄만 아 빠부터 챙겼다. 그 다정한 모습이 좋았다. 지글거리는 불판 앞에서 장어를 질릴 때까지 먹고 나면 마음이 넉넉해졌다. 날카롭던 신경도 거슬리던 말들도 별일 아닌 게 되었다. 우 리들은 다시 각자의 세상으로 돌아갔다.

엄마의 양념게장은 식구들의 스트레스를 푸는 1등 메뉴 였다. 살아 있는 꽃게가 집게발을 들썩거리는 것에도 아랑 곳없이 칼을 내리치던 엄마가 늘 대담하게 느껴졌다. 걸쭉 하고 진한 양념이 제대로 밴 게장은 혀가 얼얼하게 매워도 자꾸 손이 갔다. 엄마의 게장을 처음 맛본 남편은 계속 먹다 가 화장실에서 뜨거운 맛을 확인해야 했지만.

예민한 성격 때문인지 위경련으로 응급실에 갈 때가 이따 금 있었다. 언젠가 딸이 속이 뒤집혔다는 소식을 들은 엄마는 전복죽을 끓인 뒤 남편을 호출했다. 사위도 함께 넉넉하게 먹으라며 유리 용기 몇 개에 가득 싸준 전복죽은 파는 것과 달리 전복의 푸른 내장을 톡 터뜨려 참기름에 볶아 내 바다색을 띠었다. 죽을 한 숟갈 뜰 때마다 통통하고 쫄깃한 전복이 올라왔다. 다 먹고 나면 속이 진정되고 정말이지 기운이 나는 것 같았다.

각박한 살림은 엄마를 힘들게 했다. 막내인 나도 초등학교를 세 번이나 옮겨 다니며 셋집을 전전할 정도로 형편이 어려웠다. 그런데도 먹는 게 아쉬웠던 적은 없다. 가난해도 우린 늘 잘 먹고 살았다. 조금이라도 좋은 재료를 싸게 구하기 위해 경동시장은 물론이고 가까운 재래시장을 돌아다니던 엄마 덕이었다. 단골 가게들을 만들어 야무지게 값을 깎은 뒤 무거운 채소며 나물을 양손 가득 들고 힘겹게 걸어가던 엄마의 뒷모습이 지금도 기억에 선명하다.

발품 팔아 알뜰하게 사 온 재료들로 요리를 하던 엄마의 남다른 재능을 생각해본다. 한번 보면 잊지 않는 눈썰미, 무엇을 넣었는지 기가 막히게 알아내는 혀의 감각, 같은 음식도 새로운 재료로 만들어보는 창의력이 엄마의 장점이었다.

손님이 올 때 중국집에서 한두 번 배달시킨 해물잡탕이며 팔보채는 다음번 손님상에 엄마표 메인 요리로 더 근사하게 올려졌다. 음식은 색깔로도 먹는다며 파란 나물과 붉은 채소의 배열에도 신경을 쓰는 엄마를 보며, 요리도 예술이구나 했다. 엄마의 요리에 대한 자부심은 일상생활에서도 종종 드러났다. 쌀을 씻고 밥물을 손등으로 재는 다른 주부들을 볼 때마다 엄마는 약간의 코웃음을 치며 말했다.

"아니, 몇천 번 하는 밥인데 밥물 하나 눈대중으로 못 하나."

밥이 조금 질게 되거나 되게 되는 날엔 말이 달라졌다.

"쇠털같이 많은 날에 이런 날도 저런 날도 있는 거지."

그럴듯한 요리를 한 상 차리고 나면 꼭 이 말도 덧붙였다.

"이걸 식당에서 먹으려면 얼만 줄 아니?"

찾아간 식당이 형편없는 음식을 내오면 주인에게 꼭 한소리를 해야 엄마의 직성이 풀렸다. 엄마의 잘난 척이 싫을 때도 있었지만, 엄마 말이 틀린 것도 없었다. 요리만큼은 내가 최고지, 하는 엄마의 자신감 덕에 우리는 맛있고 다양한 음식을 먹고 자랄 수 있었다.

엄마는 왜 그토록 먹는 것에 신경을 썼던 것일까?

다시 말하지만 육체를 보살펴야 한다. 네 육체에 좋은 것을 먹이고 좋은 것을 입히고 좋은 말을 들려주고(책으로라면 더 좋지) 좋은 향기를 맡게 해주어라. 해도 해도 지나치지 않은 말. 나를 사랑하는 것은 바로 내 몸에서 시작해야 해. 정신도 당연히 중요하지만 정신과 육체가 둘이 아니고, 그리고 정신보다 육체를 위하는 게 효과가 빠르고 좋으니까.

_공지영, 『딸에게 주는 레시피』

작가의 말처럼 엄마는 몸을 돌보는 첫 번째가 '잘 먹는 일'이라고 생각했다. 잘 먹고 몸을 잘 돌봐야 삶도 옹골차게 영글어갈 수 있다고 믿었다.

밀린 설거지를 하느라 싱크대에 서 있는데, 여섯 살 아들이 함께 설거지를 하겠다며 작은 팔을 걷어붙였다. 함께 설거지를 한다.

"엄마, 나 잘하지?"

"뽀득뽀득 꼼꼼하게도 하네. 열 살 되면 너도 매일 하는 거다. 알았지?"

눈을 찡긋거리며 아이를 바라본다. 배시시 웃으며 설거지를 놀이로 생각하는 아이의 천진함이 맑고 곱다. 이 작은 존재에게 앞으로 나는 무엇을 해 먹일 수 있을까? 엄마처럼 살뜰한 기억과 보약 같은 사랑을 선물할 수 있을까?

이런저런 생각을 하다 보면 금세 또 밥때가 찾아온다. 그때마다 어김없이 드는 생각.

아, 또 뭘 해 먹지? 엄마 보고 싶다.

농담 같은 시간들

남편의 귀가가 늦던 날, 아들이 동화책 두 권을 꺼내 갖고
왔다.

"엄마, 자기 전에 이거 읽어줘."

"다 아빠에 관한 책이네. 아빠 보고 싶어?"

"응."

먼저 아빠와 아들이 산책하는 이야기를 읽어줬다.

"아빠 보고 싶다."

"책 보니까 더 생각나지?"

"응."

아들은 대답하면서 조그만 입을 삐쭉거리더니 곧 훌쩍였

다. 흐느낌은 금방 대성통곡으로 변했다. 당황한 나는 얼른 남편에게 전화를 했다.

"많이 보고 싶은가 봐. 당신이 사다 준 그 책 읽어주는데, 울기 시작하더니 그치질 않아."

남편이 아이를 달랬다.

"아빠도 많이 보고 싶어. 내일은 일찍 들어갈게."

남편이 아들의 이름을 부르면서 사랑한다고 말했다. 남편의 목소리도 떨렸다.

어쩌면 뭉클했을 그 순간, 전화를 끊고 나니 피식 웃음이 터져 나왔다. 아니, 이럴 거면서 둘이 만나면 왜 그렇게 싸우는 거야.

남편이 퇴근해서 돌아오면 아들은 방방 뛰며 외친다.

"아빠! 아빠!"

그러고는 오늘 하루 있었던 일들을 종알종알 떠들어대느라 바쁘다. 평화로운 순간도 잠시, 부자가 사이좋게 팽이를 돌리는 것 같더니 곧 아들이 씩씩거리는 소리가 들린다.

"나 안 해! 나 아빠 싫어! 아빠 회사에서 오지 마!"

승부의 세계는 냉정하다며 남편은 봐주기 시합을 하지 않는다. 한번은 팽이 시합을 하다가 아들의 팽이를 부숴버렸다. 엔딩은 언제나 아들이 "엄마!" 하며 터뜨리는 울음. 나는 한숨이 나오는데, 남편은 웃는다. 아들을 골리고는 웃는 게 그의 특기다. 싫다는데도 굳이 볼을 꼬집기도 하고, 발바닥을 만지다가 툭툭 치기도 하고, 아이가 신나게 보고 있는 만화를 두고 딴걸 틀어주겠다며 채널을 이리저리 돌리다 또 한판을 한다. 함께 과자를 먹을 때도 티격태격. 아이는 아빠의 큰 입과 큰 손 때문에 자기 과자를 지키느라 바쁘고, 남편은 "나도 좀 먹자"며 아이를 구슬리느라 바쁘다.

아들과 남편의 모습을 보고 있자면 어릴 때 생각이 난다. 나를 골리고는 깔깔 웃던 존재가 내게도 있었다. 그 사람은…… 아빠가 아니라 바로 '엄마'다. 콘 아이스크림을 신나게 먹고 있을 때였다. 엄마가 "한 입만" 하고 가져간 내 아이스크림은 반이 없어져서 돌아왔다. 나는 울음을 터뜨렸고 엄마는 웃음을 터뜨렸다. 보다 못한 아빠가 옆 슈퍼에 가서 새로 하나를 사다주셨다. 엄마가 그런 건 그때 한 번이었다 (엄마들은 아빠들하고는 좀 다른 법이니까).

한번은 엄마가 걸쭉한 빨간 국물에 쭉쭉 찢어 넣은 고기를 입속에 쏙 넣어주며 말했다.

"닭고기야. 맛있지?"

고기를 오물거리며 씹고 있을 때 두 오빠 중 누군가 말했다.

"그거 개고긴데(나는 어릴 때도 지금도 개고기는 먹지 않는다)."

엄마는 뭐가 재밌는지 또 깔깔 웃었다.

때때로 남편과 엄마의 짓궂은 장난과 쇳털 같은 웃음들을 떠올린다. 인생이 한없이 무겁게 느껴질 때, 사는 일이 지루하게 느껴질 때, 잘난 것도 없이 우쭐해지려고 할 때, 타인으로부터 이유 모를 공격을 받았을 때…… 생각하는 것이다. 한번 웃으면 된다고. 인생은 우리가 생각하는 것보다 그렇게 심각한 게 아닐지 모른다고.

무엇이든 둥글게 만드는 사람

큰 키에 동그랗고 진한 눈을 가진 병일이 아저씨는 순하고 우직한 사람이었다. 내가 열 살 무렵, 엄마는 닭곰탕을 파는 식당을 하고 있었다. 장난감 공장에서 일하던 아저씨는 음식이 입에 맞는지 매일 엄마 식당을 찾았고 자연스럽게 우리 가족과도 친해졌다.

공장이 문을 닫으면서 아저씨는 일자리를 잃었다. 그간의 사정을 알고 있던 아빠는 간판 일을 해보겠냐며 제안했고, 아저씨는 우리와 같이 보문동으로 이사 왔다. 사고무친 신세에 사람이 속된 데가 없고 착하기만 한 아저씨를 엄마와 아빠는 많이 아꼈다. 우리랑 늘 밥을 먹고 짬이 날 때면 우리 남매와 놀아주던 아저씨. 꽤 오랜 시간을 병일이 아저씨와 우린 식구처럼 지냈다.

중2 때 이사를 가면서부터 아저씨에 대한 기억이 없다(오빠들에게 물어보니, 아빠 일이 줄면서 더 이상 인부로 쓸 여력이 없어 헤어졌고, 짬짬이 오던 소식도 어느 날 끊겼다고 한다).

몇 년이 지나, 엄마는 경찰서에서 한 통의 전화를 받았다.

"병일이가 죽었대."

가족도, 친구도 없이 홀로 방에서 쓰러져 있던 병일이 아저씨의 수첩엔 우리 집 전화번호가 적혀 있었다. 황망해하던 엄마의 눈은 깊고 어두운 강처럼 슬펐다. 엄마는 그때 무슨 생각을 했을까? 아저씨를 더 돌아보지 못한 것을 후회했을까? 한 사람의 인생이 그렇게 서글프고 외로울 수 있다는 것에 쓸쓸함을 느꼈을까? 엄마의 마음을 헤아릴 길은 없지만 이것 하나는 안다. 엄마는 연민하는 사람이었다.

제주도에서 엄마가 식당을 하던 시절, 혼자 밥을 먹고 가는 남자가 있었다. 남자는 언젠가부터 내일 주겠다며 돈을 내지 않고 식사를 했다. 남자가 왔다 가면 엄마 아빠는 말했다.

"오늘도네."

나는 철없이 한마디를 했다.

"그럼 내쫓던지 오지 말라고 하지, 왜 자꾸 밥을 줘?"

엄마는 말했다.

"내일이면 주겠지. 여기 아니면 또 어디 가서 밥을 먹겠
어?"

내 품에 들어온 사람은 일단 품어주고 보는 사람. 사람을
먼저 내치지 않는 사람. 그게 엄마였다. 병일이 아저씨의 소
식을 들었을 때, 한없이 가라앉던 엄마에게 그 말을 해줬더
라면 어땠을까.

그런 엄마가 좋았다. 엄마를 좋아하는 이유를 몇 가지고
댈 수 있지만, 가장 좋은 이유는 그거였다. 타인의 아픔에
둔감한 사람이 아니라는 거. 엄마는 많이 아파본 사람이어
서 아픈 사람의 처지를 잘 알았다. 어렵게 산 세월이 길었
기에 가난한 사람의 처지를 이해했다. 어린 나이에 홀로 외
로운 시절을 보내봤기에 의지할 데 없는 이들을 보면 자신
의 일처럼 여겼다. 경험이 성품을 만든 것도 있겠지만, 민
감하게 타고나 자신의 아픔은 물론 타인의 아픔 또한 잘 느

껐던 거라고 생각한다. 엄마를 보면서 나는 '연민'이란 말을 비로소 이해했다. 값싼 동정이 아닌, 사람과 인생에 대한 측은지심. 나도 당신과 다를 게 없으니 진심으로 이해한다는 마음.

자라면서 엄마로부터 위로를 많이 받았다. 내 맘과 다르게 허약한 육체 때문에 아픈 날이 많을 땐, 주눅이 들기도 했다. 그럴 때 엄마는 힘주어 말했다.

"아픈 건 네 잘못이 아니야."

세상과 사람들에게 상처받고 돌아온 날에는 등을 토닥여줬다.

"그럴 수 있어. 누구나 그럴 수 있어. 속상한 게 당연해."

뭘 그깟 것 가지고 그러느냐는 말을 엄마로부터 들은 적이 없다. 엄마의 둥근 품안은 언제나 따뜻하고 안연했다.

어느 날 친한 동생이 씩씩거리며 전화를 했다. 인터넷 카페에서 공동구매로 레깅스를 구입했다가 낭패를 당한 거다. 검은색 새 레깅스를 입고 친구 집 베이지색 의자에 앉았는데, 그만 의자에 검은색 물이 들었단다. 동생은 다리는 물론이고 의자까지 시커멓게 물들일 정도면 이게 상품이냐고,

어떻게 이런 걸 파느냐고 흥분했다. 해당 카페에 여러 번 글을 올리고 소비자보호원에 전화를 하는 등 시간과 에너지도 많이 썼다. 그러기를 며칠, 다시 전화가 걸려왔다.

"언니, 나 이 정도만 할까 봐."

"왜?"

"생각할수록 화가 나서 사실 막 심하게 해주고 싶었어! 다시는 판매 같은 거 못 하게 혼내줘야지 했거든. 근데 엄마가 웬만큼 했으면 그만하라고 하더라. 자식 키우는 사람은 웬만하면 허허 웃고 지나갈 줄도 알아야 한대. 누구하고도 원수지고 살면 안 된다고. 크게 손해 보고 다치는 거 아니면 너무 팍팍하고 모질게 굴지 말래. 너도 이제 애 엄마 아니냐고. 그 말이 맞잖아. 내가 좀 부르르하기도 잘 하고."

동생 어머니의 말씀을 생각한다. 모나지 않은 둥근 마음으로 사람을 품으면서 살다 보면 네가 사는 세상이, 네 아이가 사는 세상이, 더 살 만해지지 않겠느냐는 어머니들의 넉넉한 마음.

나도 그런 사랑을 하고 싶다. 시간이 오래 걸리더라도 무엇이든 둥글게 만드는 버릇을 들이고 싶다. 모나지 않게 둥

글게 살고 싶다. 내 아이도 엄마의 둥근 품 안에서 세상과
사람을 마음껏 사랑하며 살 수 있도록.

조금 더 의연하게
살아가기 위하여

영화 〈리틀 포레스트〉는 휴식 같은 영화다. 앞만 보며 달리느라 지칠 대로 지친 청춘들에게 눈부신 자연을 보여주며 잠시 쉬어가라고, 쉬어야 다시 뛸 수 있다고 영화는 말한다. 자연 한가운데 서 있는 주인공 혜원(배우 김태리)은 청춘 그 자체라고 해도 될 만큼 맑고 싱그러웠다. 그런데 영화가 끝나자 내 귀엔 혜원이 아닌 혜원 엄마(배우 문소리)의 목소리와 이야기가 유독 여운이 남았다. 특히 혜원이 열 살 무렵, 엄마가 해준 이야기가 그랬다.

혜원 엄마, 나 왕따인 것 같아. 물어봐도 대답도 안 하고 노는 데도 안 끼워줘.

엄마 내버려둬. 니가 반응하잖아? 그러면 걔들은 신나
서 더 그럴걸.

혜원 난 완전 속상한데. 엄만 아무렇지도 않잖아. 위로
도 안 해주고.

엄마 너 괴롭히는 애들이 제일 바라는 게 뭔지 알아? 니
가 속상해하는 거.
그러니까 니가 안 속상하면 복수 성공!

통통 튀는 것 같은 무심한 리듬감으로 엄마가 딸에게 하
는 대사를 들으면서 나는 중얼거렸다.
"어, 어디서 많이 본 캐릭터네."

친구와 미역국 끓이는 얘기로 입씨름을 한 적이 있다.
"미역국은 오래 끓일수록 깊은 맛이 난다니까."
"아니야. 미역국 만큼 대충 끓여도 맛이 나는 게 또 없
어."
"좋은 미역은 오래 끓이면 사골국처럼 진한 맛이 난다
고."

"야, 나 맨날 끓여 먹거든. 금방 후루룩."

별거 아닌 얘긴데도 왠지 마음이 찜찜했다. 내가 맞는데 왜 끝까지 인정을 안 하지? 나는 요리 선수인 엄마에게 물었다.

"엄마, 미역국 오래 끓일수록 더 맛있는 거 맞지?"

"그치. 맛이 우러나서 더 맛있지."

"근데 친구가 자꾸 아니래. 계속 말하는데도."

"아유, 야, 뭘 그런 걸 가지고 입씨름을 해. 그냥 내비둬. 맛없는 미역국 먹으라고 해."

엄마는 그러면서 말했다. 답이 나와 있는데도 상대가 납득을 안 하면 그냥 입씨름을 끝내라고. 거기에 에너지를 쏟지 말라고.

한창 예민하던 시절에 나는 일터에서 들은 비합리적인 말이나 배려 없는 통보 때문에 부르르할 때가 많았다. 그럴 때에도 엄마는 말했다.

"상대가 말을 알아들을 만한 사람이 아니면, 그냥 접어. 신경 쓰지 마."

아직 세상을 모르던 그때는 엄마의 얘길 들으면서 생각했다. '아니, 나도 신경 안 쓰고 싶지. 근데 계속 신경이 쓰이

니까 말하는 거지. 그런 말은 나도 하겠다.'

　나이를 먹고 세상과 사람을 상대하면서 뒤늦게 엄마의 말에 고개를 주억거렸다. 내가 상식이라고 믿는 것이 누군가에겐 상식이 아니기도 했다. 상대를 다 안다고 생각한 것이 오만이었음을 깨닫게 해준 사람도 있었다. 이야기를 나눌수록 이해보다 오해가 쌓이는 관계에 절망하기도 했다. 완벽한 소통이란 하늘의 별 따기만큼이나 요원한 일이라고, 서로 다른 주체가 이런저런 이유로 갈등하는 건 당연한 일이라고 인생은 내게 가르쳐주었다. 바꿀 수 없는 현실을 인정하기 시작하자 사는 일이 조금 편안해졌다. 기대하거나 함부로 예단하는 일을 조심하자 누군가에게 다가가는 일도 전보다 쉽게 느껴졌다. 그러지 못했던 어린 시절에는 작은 일에도 사람들에게 실망하고 분노하고 화를 냈다. 그만큼 상처도 받았다. 상대에게 상처도 줬을 것이다.

　이리저리 부딪히면서 나는 바꿀 수 없는 것들로 인해 평정심을 잃지 않고 살아가는 법을 조금은 배우게 됐다. 한 가지 바라는 게 있다면, 바꿀 수 있는 일과 없는 것을 구별하는 지혜를 얻는 것. 그러면 자신을 조금 더 잘 지킬 수 있을 테니까.

이제는 이야기가 된 이야기

"TV 공주!"

어린 시절, TV 앞에 넋을 놓고 앉아 있으면 아빠는 나를 그렇게 불렀다. 그때마다 나는 씩 한번 웃어주고는 다시 TV로 고개를 돌렸다. 이제 꺼야 하나, 눈치 같은 건 보지도 않았다. 오빠들은 그런 나를 보고 말했다.

"으이그, 저 테순이."

어딘가 혀를 차는 말투였지만, 그렇다고 동생의 TV 시청을 방해하지는 않았다. 형제나 자매간에 툭 하면 벌어진다는 리모컨 전쟁이 내게 일어난 적은 없었다. 시험 기간에도 나는 꿋꿋하게 드라마의 마지막 회를 놓치지 않고 다 봤다.

엄마는 마치 딸이 시험 기간이라는 걸 모르는 사람처럼 내 옆에서 같이 드라마를 보며 웃었다.

이 정도 'TV 홀릭'이면 한 번쯤 TV 때문에 혼난 기억이 있을 법도 한데, 그런 기억이 없다(모두 나를 방치했던 걸까). 특별히 "보지 마라" 하는 사람이 없으니 TV를 그렇게 좋아하면서도 크게 집착하지는 않았다. 나는 그저 네모난 화면에서 나오는 끝도 없는 다양한 '이야기'를 보면서 생각했다. '세상엔 얼마나 많은 이야기가 있는 걸까? 내가 모르는 세상은 얼마나 많을까? 나는 어떤 이야기를 만들 수 있을까?'

이야기에 대한 호기심은 자연스럽게 책으로 이어졌다. 따뜻한 방바닥에 배를 깔고는 귤을 까 먹고 쥐포를 찢어 먹으며 청소년 단편소설을, 순정만화와 명랑만화를, 무협소설을, 셜록홈스를, 문고판 세계명작을 섭렵했다. 한창 나가 놀 나이에 집에 콕 박혀서 책을 보며 뒹굴거리는 나를 보고 식구들은 돌아가며 한마디씩 같은 말을 했다.

"집순이!"

다 엄마 때문이다. 테순이, 집순이가 된 건. 엄마는 내가 여섯 살 때부터 달콤한 아침잠에 빠져 있는 나를 깨우느라 바빴다.

"시작한다, 시작해. 일어나! 만화 시작해!"

세 아이를 돌보는 육아에서 해방이 되고 싶을 때면, 엄마는 우리 셋을 세트로 만화 가게에 집어넣고 자유 시간을 가졌다. 우리가 도통 집에서 나갈 생각을 하지 않으면, 어두컴컴한 극장에 삼남매를 밀어 넣었다. 장르가 공포영화건, 액션이건, 모험물이건 가리지 않았다. 무료하다 싶을 때 방을 찬찬히 둘러보면, 엄마가 어디선가 갖다 놓은 월간 만화잡지가, 무협지가, 추리소설들이 굴러다니고 있었다. 오빠들이 자기들끼리 농구를 하러 가고 나 혼자 집에 남아 있어도 하나도 심심하지 않았다.

내가 TV 구성 작가가 됐을 때, 엄마는 내 작은 방에 아예 작은 TV를 따로 들여놓았다.

"방송 작가 방에 TV 정도는 있어야지."

그만둬야 하나 말아야 하나, 고민하고 있을 때였다. 나는 결국 일하던 프로그램 편집본을 집에까지 가져와서 일을 했다. 그렇게 일을 하고 주말엔 새벽까지 영화를 보다 잠이 들었다. 그러니 다음 날엔 늦게 일어나고, 데이트를 기다리던 남자 친구는 입이 나오고, 나는 피곤하다며 짜증을 내는 악

순환이 일어나기도 했다. 이런 실상을 모르고 작은오빠는 엄마의 명백한 차별 대우라며 툭하면 투덜거렸다.

"쟤는 심지어 방에 TV까지 놔줬다니까. 쟤만 그랬다고!"

어쩌면 엄마는 이야기의 힘을 믿는 사람이 아니었을까. 다양하고 재미있는 책들을 골라 책장에 꽂아준 것도, 시험 기간에 드라마 마지막 회를 보고 앉아 있어도 잔소리 한 번을 안 한 것도, 새로운 시리즈가 나왔다며 극장에 데리고 간 것도, 세상의 많은 이야기를 보고 듣고 배우고 감동을 느끼며 인생을 살아가길 바랐기 때문이라는 생각이 든다.

13년간 방송 원고를 쓰는 동안 거의 쉬는 때가 없었다. 딱 한 번 잠시 몇 개월 쉰 적이 있었는데, 그때 엄마가 내게 전화를 걸어 했던 말이 지금도 자주 생각난다.

"책은 읽고 있니?"

"응?"

"넌 글 쓰는 사람이란 걸 잊지 마. 쉴 때도 책을 손에서 놓으면 안 돼."

가끔 무얼 해야 하나, 멍 때리고 있을 때면 옆에서 엄마가 말하는 것만 같다.

"영화라도 한 편 보지?"

이야기를 사랑하고 이야기의 가치를 알았던 엄마. 엄마는 이제 내게 또 하나의 이야기로 남았다. 숱한 밤마다 쌓인 그리움은 한 권의 책이 되겠지. 엄마는 이 책을 보고 뭐라고 할까?

너무나 궁금하지만…… 그 장면만은 어디서도 볼 수가 없다.

행운이 필요할 땐

엄마의 눈이 쨍하게 빛나던 순간을 기억한다. 팽팽한 긴장감이 흐르던 그때, 엄마는 예리한 눈매로 목표물을 한번 째려보고는 거침없이 손목을 올린 뒤 내리쳤다. 쫙!

"뭐야, 엄마! 또 고도리 한 거야?"

엄마 앞에 놓인 화려한 패들을 보며 우리는 늘 전의를 상실했다. 엄마는 고스톱 선수였다.

해마다 돌아오는 명절 때 우리 가족은 부처놓은 전을 집어먹으며 재미 삼아 고스톱을 쳤다. 그 세월이 꽤 된다. 길다면 긴 시간 동안 우리는 좀처럼 엄마의 돈을 따지 못했다. 엄마의 손엔 마치 접착제가 붙은 것처럼 화투장들이 쩍

쩍 달라붙었다. 우리는 그에 비하면 많이 모자란 아마추어였다. 화투를 치는 소리도 '쫙'이 아닌 맥 빠지는 '처억' 소리가 나기 일쑤였다. 엄마가 유연한 손목 스냅을 자랑하며 화투를 내리친 뒤 한 장을 뒤집으면 언제나 '쌍피'거나 '광'이었다. 피는 또 얼마나 암팡지게 잘 모으던지, 고개를 돌리면 피로 점수가 나 있어서 우리들은 '피박'을 쓰고 울면서 엄마한테 천 원을 주고 이천 원도 주고 삼천 원도 줬다. 그래서 우리는 때로 엄마의 왼쪽 자리에 앉으려고 피 튀기는 경쟁을 하곤 했다. 화투는 세 사람이 칠 수 있는데 식구가 많으니 엄마 옆에 앉아 화투를 치는 대신 '광'이라도 파는 게 남는 장사였기 때문이다.

그렇다고 엄마가 패를 숨기거나 밑장을 깔거나 하는 수를 썼던 것도 아니다. 그건 능청스러운 큰오빠의 몫이었다. 내리 지다 보면 큰오빠는 몰래 '똥광'이나 '고도리' 한 짝을 숨겼다. 그러다 판이 돌아가고 얼마 가지 못해 화투짝이 맞지 않으면서 금방 들통이 났다. 우리는 원성을 보냈다.

"아, 뭐야. 제대로 하지도 못할 거면서 판만 깨고."

"오빠가 다음 판돈 다 물어내!"

엄마는 짧게 일침했다.

"에라이~"

신기했다. 엄마는 자신의 순서가 돌아올 때마다 빈손으로 들어가는 법이 없었다. 판에 있던 화투짝들을 거의 쓸어가다시피 했다. 판이 돌아갈 때의 팽팽한 긴장감을 좋아해서 식구 중 누군가 너무 뜸을 들이면 농을 던지기도 했다.

"아, 화투 치는 사람 어디 갔나. 똥 싸러 갔나."

'똥' 소리를 듣고 어린 조카가 킥킥거리면 화투를 치던 우리도 큭큭 웃었다. 왁자지껄한 만큼 유쾌한 시간이었다.

엄마는 내가 어릴 때, 가끔 계 모임 아줌마들과 화투를 치러 나갔다. 워낙 잘 치다 보니 돈을 많이 땄는데, 그러면 집에 돌아올 수가 없었다. 돈 잃은 아줌마들이 엄마를 붙잡았던 거다. 엄마는 돈을 딴 사람의 도리로 차마 일어나지 못하고 판을 이어갔다. 엄마를 따라갔다 그 화투판 옆에서 '쫙! 쫙!' 하는 소리를 들으며 까무룩 잠이 들기도 했다. 화투판은 "자, 이제 마지막이야! 세 판! 더 말하기 없기!" 엄마가 단호하게 선언을 해야 정리가 됐다.

날마다 화투를 치는 사람도 아니고 타짜도 아닌데 돈을 잃는 법이 거의 없던 엄마의 비결은 무엇이었을까? 엄마의 표정을 떠올리며 짐작해본다. 판이 시작되면 엄마는 누구보다 집중을 했다. 엄마는 자신의 패에만 신경 쓰지 않았다. 상대의 패를 항상 살폈다. 때로는 자신의 청단이나 홍단을 포기하면서 상대의 기회를 날렸다. 자신에게 기회가 와서 좋은 패를 먹을 땐 "아싸!"를 크게 외치며 다른 선수들의 기를 제압했다. 아줌마들은 엄마의 비상한 머리를 따라오지 못했고 강한 '기'에 압도당했다. 판을 내줄 때마다 아줌마들은 탄식했다.

"아이고, 내가 준수 엄마 때문에 못 산다니까."

판을 싹쓸어 돈을 따면 옆에 있던 우리들에게 개평을 주기도 했다.

"이걸로 아이스크림 사 먹어!"

엄마가 없으니 명절날 화투를 치는 일도 드물어졌다. 한 번씩 그립다. 화투장을 부채처럼 펼치고 '쫘악 쫘악' 소리를 내던 엄마가. 광이 나는 것처럼 존재감을 떨치던 그 순간의 엄마를 생각하면 정말 운이란 게 있을지도 모른다는 생각도 든다. 아니라면, 집중하고 고민해서 기를 모으는 엄마를 그누구도 이기지 못했던 걸 어떻게 설명할 수 있을까?

가끔 내가 생각했던 대로 뭔가가 되지 않을 때 그때의 엄마를 그려본다. 조금 더 기를 모으고, 조금 더 집중하고, 조금 더 치열하게. 무엇보다 즐겁고 신나게. 그러면 언제나 좋은 운이 찾아올 거라고, 반짝반짝 빛나는 순간이 선물처럼 기다릴 거라고 믿게 된다.

가난하고 외롭고
높고 쓸쓸한 당신에게

대학 입학을 앞둔 스무 살에 처음으로 엄마 아빠와 술자리를 가졌다. 소박한 성인식이 치러진 곳은 퇴계로에 있는 중앙시장. 각종 수산물을 팔았고, 횟집도 많았다. 엄마는 길가에 즐비하게 늘어선 가게 중 하나를 골라 흔히 '아나고회'라고 불리는 붕장어회를 시켰다. 우리는 기분 좋게 '짠'을 한 뒤 알싸한 소주 한 잔을 들이켰다. 뼈째 씹히는 뽀얀 회 한 점을 우물거리며, 이렇게 어른이 되는 건가 조금은 으쓱한 기분이 들었다. 술이 몇 잔쯤 오고 갈 무렵, 무슨 얘기 끝엔가 엄마가 말했다.

"엄마는 사는 게 힘들다 싶을 때 시장에 왔어. 왜 그럴 때

있잖아? 이제 더는 못 하겠다 싶을 때. 살다 보면 그런 때가 있거든. 시장에서 사람들 오고 가는 모습 가만히 보고 있으면 좀 힘이 나더라. 나라고 못 할 게 뭐 있나, 못 살 게 뭐 있나, 그런 생각이 들더라고."

가게 앞 시멘트 바닥에서는 물비린내가 났고 주변은 시끌벅적했다. 엄마의 말에 비로소 시장을 한번 돌아봤다. 지나가는 손님을 불러세우는 가게 주인들의 굵고 씩씩한 목소리. 좌판에 생선 바구니를 늘어놓고 쭈그려 앉아 계시던 할머니의 깊고 거친 주름. 스티로폼 몇 박스를 가슴 한가득 안고 걸어가는 아저씨의 땀내 나는 노동. 삶의 신산함과 활기가 느껴지는 풍경을 보고 있자니, 엄마가 왜 흔들릴 때 시장을 찾는지 짐작할 수 있었다.

엄마는 얼마나 자주 시장을 찾았을까? 엄마는 언제 삶이 흔들린다고 느꼈을까? 그때 엄마에게 물었더라면 엄마의 삶을 조금 더 기억할 수 있었을 텐데. 나는 삶의 무게가 느껴지는 엄마의 말에 뭐라 할지 몰라 애꿎은 술잔만 들었다 놓았다 했다. 옆에서 가만히 엄마의 얘기를 듣고 있던 아빠는 말없이 술을 드셨다. 그 시간을 회상할 때면 엄마가 사랑하던 푸시킨의 시가 생각난다.

삶이 그대를 속일지라도

슬퍼하거나 노여워하지 말라

슬픔의 날 참고 견디면

기쁨의 날이 오리니

마음은 미래에 살고

현재는 언제나 슬픈 것

모든 것은 순식간에 지나가고

지나간 것은 또다시 그리움이 되리니

_푸시킨, 「삶이 그대를 속일지라도」

시 한 구절을 가슴에 품고 흔들리며 나아갔을 엄마의 인생을 이제 막 고등학교를 졸업한 딸은 상상하지 못했다. 그저 엄마들이 다 그렇듯, 앞선 세대의 어른들이 다 그렇듯, 힘들었겠구나, 사는 건 원래 그런 건가 보다 했을 뿐.

그 시절의 엄마와 비슷한 나이를 향해 가고 있는 딸은 헤아려본다. 훌쩍 큰 딸을 보며 엄마는 조금 기뻤을까? 어려웠던 시간을 어찌어찌 견디고 대학까지 입학시켜 다행이라며 안도감을 느꼈을까? 때로 인생이 엄마를 속이는 것 같아 화도 나고 슬펐지만 견디고 나아가다 보니 여기까지 잘 왔다고, 잘했다고 스스로를 격려하고 싶었을까? 한 학기에 수백이 넘는 등록금은 또 어떻게 마련할지 걱정이 앞섰을까? 앞으로도 갈 길이 머니 힘내자, 스스로에게 말하며 기운을 냈을까?

내 마음 같지 않은 사람들 때문에 내 삶이 흔들릴 때, 이상은 높은데 현실은 비루해서 한 발짝도 꼼짝하고 싶지 않을 때, 바닥을 느끼면서도 어떻게 딛고 올라서야 할지 감이 잡히지 않을 때, 그렇게 자꾸 사는 일에 흔들릴 때…… 시장에 가는 엄마를 떠올린다. 웃고 울며 살아가는 사람들을 물끄러미 바라보는 엄마의 얼굴. 그 시절의 엄마를 다시 만난다면 꼭 하고 싶은 말이 있다.

"엄마, 내가 가장 사랑하는 시야. 이 시를 읽을 때마다 엄마를 생각했어."

하늘이 이 세상을 내일 적에
그가 가장 귀해하고 사랑하는 것들은 모두
가난하고 외롭고 높고 쓸쓸하니
그리고 언제나 넘치는 사랑과 슬픔 속에

살도록 한 것이다

_백석,「흰 바람벽이 있어」

시를 듣는 엄마의 얼굴을 상상한다. 눈에 눈물을 가득 담고 자신의 삶을 반추하는 엄마. 지나간 세월이 엄마의 눈앞에 흔들리는 화면처럼 일렁일 때, 엄마는 웃는 듯 우는 듯한 표정을 짓겠지. 엄마의 마지막 표정처럼.

사랑이 진 자리에는
무엇이 남는가

언젠가 술자리에서 둘째 새언니에게 오빠와 결혼을 결심하게 된 이유에 대해 들은 적이 있다. 아빠의 칠순 모임 날이었다. 술잔들이 오갈 때, 엄마는 장성한 자식들을 뿌듯한 마음으로 바라봤다. 애교 많은 엄마는 기쁜 자리라 그런지 아빠를 부쩍 더 챙기고 더 많이 웃었다. 새언니는 그 모습이 보기 좋았다고 한다. 서로를 챙기며 허물없이 웃는 모습을 보면서 아직도 서로 사랑하시는구나, 두 분을 보고 자란 남자라면 더없이 가정적이겠구나, 하는 생각을 했단다.

엄마와 아빠는 여행을 갈 때면 두 손을 꼭 잡고 다니는 부부였다. 여행을 좋아하는 엄마를 위해 아빠는 함께 벗이 되

어 자주 길을 나섰다. 아빠가 갈 수 없는 엄마 친구들과의
여행도 언제나 선뜻 허락했다. 엄마가 계 모임 아줌마들과
꽃구경인지 단풍구경인지를 떠나던 아침, 아빠는 프라이팬
에 닭다리를 굽고 계셨다. 뭐 하시냐 물으니 돌아온 대답.

"엄마 소풍 가서 먹으라고."

아빠는 퇴근하기 전에 언제나 집으로 전화를 해서 꼭 물
었다.

"뭐 필요한 거 없어? 먹고 싶은 건?"

엄마도 나도 아빠의 그 다정한 말을 좋아했다.

여자들의 쇼핑에 쉽게 질겁하는 남자들과 달리 아빠는 엄
마가 뭘 살 때도 한 번도 잔소리를 한 적이 없었다. 다 살 만
하니까 산다고 생각했다.

천성이 다정한 엄마는 아빠를 살뜰하게 잘 챙겼다. 갈치
나 조기를 바르다 알(아빠는 알을 좋아하셨다)이 나오면 아기
새처럼 입을 쫙 벌리고 있는 우리가 아닌 아빠의 밥그릇에
알을 놓아드렸다. 그다음이 내 순서였다. 말은 없지만 까다
로운 면이 은근히 많은 아빠는 옷도 자신에게 맞춤처럼 맞
지 않으면 잘 입지 않았다. 엄마가 고른 옷은 언제나 아빠를
만족시켰다. 엄마가 사준 주황색 티셔츠나 와인색 목폴라,

소매까지 꼭 맞는 마로 된 셔츠를 아빠는 10년, 20년 동안 입었다.

세상에 사이가 좋기만 한 부부가 있을까? 두 분도 종종 다투셨다.

좋을 때는 한없이 좋지만, 뭔가 마음에 들지 않을 때는 말을 하는 대신 표정부터 굳어버리는 아빠를 보고 엄마는 말하곤 했다.

"저 승질을, 저 비위를, 어떤 여편네가 맞추고 살아?"

엄마가 지나간 힘든 일들을 속풀이 하듯 반복적으로 얘기할 때면, 아빠는 엄마를 다독이는 대신 집을 나섰다.

"어지간히 좀 해야지. 사람이 살 수가 있나."

그러면서 침을 뱉듯 한두 마디 하던 욕이 엄마를 향한 것이라는 걸 어린 나도 모르지 않았다.

내가 열 살도 되지 않았을 때 두 사람의 전쟁이 한바탕 지나간 식당(엄마가 하던)의 풍경도 잊히지 않는다. 옆으로 엎어져 있던 동그란 의자 몇 개. 이리저리 어지럽게 놓인 테이블. 불 꺼진 홀 아래 무거운 정적. 다툼의 원인은 기억에 남아 있지 않지만, 증오의 감정이 가득했던 그날의 공기와 온

도는 오래도록 잊히지 않았다.

아빠랑 싸우고 안방에 누워서 꼼짝도 안 하던 엄마, 며칠이 가도 말을 안 하는 아빠 때문에 불안해하던 어린 나도 때때로 생각이 난다.

결혼을 하고 부부로 살아가면서 뒤늦게 나는, 엄마와 아빠가 굴곡 있는 시간들을 지나왔음에도 불구하고 비교적 사이 좋은 부부로 살 수 있었던 비결을 깨달았다. 두 분은 다른 무엇보다 서로를 1순위로 생각했다. 당신들의 부모도, 형제도, 자식도 1순위가 될 수 없었다. 서로에겐 둘뿐이라는 사실. 부모도 떠나고 형제도 흩어지고 자식도 보내고, 언젠가 둘만 남게 된다는 사실을 두 분은 잊지 않았다. 서로가 서로에게 첫 번째라는 사실도 서로 의심하지 않았다(내 생각에는 이것이 가장 큰 비결이었다). 그 깨달음을 얻기까지 두 분도 물론 지난한 세월을 보내야 했겠지만.

나는 열여덟 살 때부터 알고 있었다. 부부 생활 중 몇십년은 몹시도 괴로우리라는 것을. 하지만 고통스러워도 그 생활을 유지하는 이유는 노후 때문이다. 더 이상 아무에게도 화사한 마음을 건네받지 못하는 동지끼리 툇마루에서 말없이 감을 깎아 먹고 차를 마시기 위해서다.

(……)

세월만이 길러낼 수 있는 신뢰, 꽃도 태풍도 뛰어넘어 망중한을 즐길 날을 위해 결혼하는 것이다.

_사노 요코,『사는 게 뭐라고』

"한철 머무는 마음에게 서로의 전부를 쥐여주던 때가 우리에게도 있었다"라는 구절이 나오는 박준 시인의 시를 알고 있다. 현재형이 아닌 과거형의 '있었다'라는 시린 말을 들으면 묻게 된다. 그 눈부신 한철이 끝나고 나면 우리는 어떻게 되는 걸까. 한 사람을 끝까지 사랑한다는 것은 얼마나 어려운 일일까. 화사한 마음이 진 자리에는 무엇이 남을까. 그 답을, 어느 여행길에 두 손을 꼭 잡고 걷던 노년의 엄마 아빠를 통해서 보았다.

언젠가 남편과 나도 그 길 끝에 서게 되겠지. 다행인지 불행인지 아직 우리가 가야 할 길은 아직 남아 있다.

때때로 엄마의 짓궂은 장난과 쇳털 같은 웃음들을 떠올린다.

인생이 한없이 무겁게 느껴질 때,

사는 일이 지루하게 느껴질 때,

타인으로부터 이유 모를 공격을 받았을 때……

생각하는 것이다.

한번 웃으면 된다고.

인생은 우리가 생각하는 것보다

그렇게 심각한 게 아닐지 모른다고.

내일이 되어도 변함없는
한 가지가 있어

"박덕규 할아버지 보고 싶어."

엄마! 얼마 전에 오빠네 아홉 살 둘째 딸이 그랬다네.

이 깜찍한 조카는 애교가 철철 넘쳐서 엄마 아빠를 곧잘

녹이는 것 같던데, 그때마다 오빠랑 새언니는 그런대.

"얘는 할머니를 닮았나 봐."

두 살 때까지 할아버지랑 같이 살던

우리 아들이 막 태어났을 때도 생각나.

보는 사람마다 입을 모아 "할아버지 닮았다"고 했었거든.

통통하게 살이 쪘던 6개월 때쯤에는 엄마랑 웃는 모습이

너무 닮아서 나 혼자 깜짝 놀란 적도 있었지.

근데 이 녀석이 신통하게 두 살 때 일을 기억하고 있더라.

"타요 케이크 촛불 켤 때 할아버지 계셨지?

할아버지 보고 싶다."

엄마 아빠를 즐겁게 해주려는 마음 때문인지

진짜로 기억하고 있는 건지

꼬마들의 마음을 다 알 수는 없지만,

우리 아이들의 몸과 마음 어딘가에

할머니와 할아버지가 함께하고 있다는 생각이 들면

이상하게 위안이 돼.

참 다행이다, 감사하다, 그런 생각을 해.

우리의 아이들에게서, 이야기에서, 서로에게서

엄마의 모습을, 아빠의 모습을

오늘도 찾고 기억할 수 있으니 말이야.

그래도 그리워. 보고 싶고.

그건 내일이 되어도 변함없을 것 같아.

5장

어쩌면 조금
웃어도 괜찮을 것이다

상실과 함께 살아가는 법

엄마에게 남은 시간이 채 두 달도 되지 않을 거란 얘기를 듣던 날을 잊지 못한다. 인생에서 가장 절망스러웠던 순간. 공황 상태였다. 나는 병원에서 도망쳐 택시를 탔다. 병원에서 집까지 가는 40분 동안 차 안에서 계속 흐느꼈다. 참으려고 해도 울음이 입 밖으로 새어 나왔다. 울음이 점점 커지는 걸 막을 수 없었다. 택시 기사 아저씨는 아무 말도 하지 않았다.

나는 내가 '희망' 하나로 버티어왔다는 걸 뒤늦게 알아챘다. 비극적인 현실을 목도하고 희망이 산산조각 나자마자 급격하게 무너지는 나를 느꼈다. 텅 빈 방에 들어가 가슴을 쥐어뜯으며 태어나서 처음으로 곡을 하듯 울음을 토해냈다. 그러고는 지쳐 쓰러져 누웠다.

그때 엄마가 자주 하던 말이 떠올랐다.

"자고 나면 괜찮아질 거야."

악몽 같은 현실을 피해서 잠을 청했다. 다 잊고 싶었다. 자고 나면 모든 게 달라져 있기를. 엄마가 죽는다는데도 잠이 쏟아졌다.

한두 시간쯤 자고 일어났을까? 엄마의 말을 믿었건만, 달라지는 건 아무것도 없었다. 여전히 현실은 지옥이었다.

하룻밤이 지나고, 이틀 밤이 지나고, 2주가 지난 뒤⋯⋯ 엄마가 떠났다. 자고 나면 괜찮을 거라고 했는데, 그랬는데, 그렇지 않았다. 무수한 밤이 지나도⋯⋯ 괜찮아지지 않았다. 몰아치는 비극의 한가운데를 정신없이 통과하고 나니 오히려 아쉬움과 그리움은 갈수록 더 생생해졌다. 일상으로 돌아올수록 엄마의 얼굴, 엄마의 손, 엄마의 몸짓, 엄마의 냄새, 엄마의 인생이 불시에 튀어나왔다. 그건 몇 년이 지나도 같았다. 달라진 게 있다면 이제는 찾아오는 기억에 가만히 마음을 맡긴다는 것이다. 왔구나, 또 찾아왔구나, 하면서.

햇살과 바람과 공기가 좋은 날이면, 귓가에 엄마의 음성이 퍼진다. 병원에서 마지막 외출을 하던 날에도 엄마는 차창 밖 풍경을 보며 말했다.

"참 좋다. 참 예뻐."

작은 스탠드를 켜고 책을 읽다 자정이 넘긴 시간을 확인할 때면 나지막하지만 애정이 담뿍 담긴 엄마의 말소리가 들려온다.

"그만 자야지, 몸 상할라."

해 지는 저녁놀을 바라보고 있을 때면, 아빠의 단정한 걸음 소리가 들려온다. 그때마다 아득하게 밀려오는 아빠의 자상한 말.

"집에 들어가는 길인데, 뭐 사다 줄까?"

이제는 안다. 길을 걸을 때면, 괜히 쓸쓸한 기분이 들 때면, 맛있는 음식을 먹을 때면, 아름다운 풍경을 마주할 때면, 기쁘고 행복한 순간이 찾아올 때면…… 엄마와 아빠가 나를 찾아오리라는 것을, 사는 내내.

세월이 지나고 나아졌다면 나아진 것은, 깨달은 것은 이거다. '원래 그런 거구나.'

온전하고 유일한 나만의 존재를 잃었는데, 어려울 때마다 찾아가던 큰 산이 없어졌는데, 때때로 슬프고 한없이 외로워지는 건 당연한 거라고 받아들였다.

유난히 하루가 버겁게 느껴지는 날이면, 엄마를 생각한다. 인생의 시련에 몸과 마음이 시달릴 때면, 엄마는 가만히 방에 들어가 누워 있곤 했다. 그런 날이 며칠 이어질 때도 있었다. 엄마는 걱정하는 내게 말했었다. 쉬고 나면, 시간이 지나면, 다시 괜찮아질 거라고.

그저 시간이 어서 흐르기만을 바라는 사람처럼 아무것도 하지 않던 엄마의 마음을 살면서 조금씩 깨우쳐간다. 그 시간은 어쩌면 삶을 받아들이는 시간은 아니었을까? 기쁘고 행복한 순간만이 아니라 슬프고 서럽고 부당하고 이해할 수 없는 순간도 인생이라는 걸, 어쩔 수 없는 일들까지 가만히 껴안아야 살 수 있다는 걸 깨달아가는 시간. 왜 나한테 이런 일이 일어난 거지? 내가 뭘 잘못한 거지? 나는 왜 이것밖에 안 되지? 왜 이렇게 그립지? 왜 이렇게 슬프지? 하는 대신,

누구에게나 있을 수 있는 일이야, 운이 없었을 뿐이야, 사는 게 다 그런 거야, 하고 삶을 받아들일 때…… 상실을 완벽하게 극복할 수는 없어도 다시 살게는 된다.

그 과정에서 나를 위로한 진실이 있다. 내가 상실로 힘들다는 것은, 여전히 나와 사랑하는 존재들이 연결되어 있다는 사실을 말해준다는 것이다. 그런 생각을 하면 슬픔도 견딜 만해진다.

이것이 지난 시간 내가 배운, 상실과 함께 살아가는 법이다.

세 상 의 모 든 딸 이
엄 마 를 가 장 그 리 워 하 는 순 간

세상의 모든 딸이 열렬히 엄마를 생각하게 되는 순간이
있다. 임신과 출산의 시간. 아이를 갖게 되면서부터 엄마 생
각은 간절해진다. 엄마는 낯선 경험을 미리 해본 선배이자,
그 모든 과정을 거쳐 나를 낳은 사람이니까.

막상 출산의 순간이 닥칠 땐 엄마 생각을 하지 않았다.
아니, 할 수가 없었다. 배가 진동하면서 느껴지는 고통은
태어나서 처음 느껴보는 엄청난 통증이었다. 통증은 파도
처럼 밀려왔다가 사라지곤 했는데, 통증이 잠잠해진 몇 초
동안은 곧 밀려올 통증이 두려워서 벌벌 떨었다. 아이는 쉽

게 나오지 않았고 급기야 간호사 한 명이 내 배 위에 올라타 배를 밀어대기 시작했다. 격렬한 진통에다 배를 누르는 압박감까지 견디며 몸부림칠 때 의사가 마지막으로 한 번만 더 힘을 주라고 했다. 아이가 나왔다. 진통한 지 열한 시간만이었다.

그런데 아이가 울지 않았다. 남편이 탯줄을 자르자마자 간호사가 아이를 안고 급하게 집중치료실로 뛰어갔다. 다행히 아이는 건강했지만, 아이를 낳자마자 가슴에 안아보고 젖도 물리려고 노산에도 불구하고 자연분만을 고집한 건데, 허탈했다. 섭섭함을 느낄 기운도 없었다. 엄마 생각도 나지 않았다. 탈진하기 직전이었다. 내 피부는 출산을 겪기엔 너무 얇고 약했다. 절개를 하고도 사방으로 찢어지고 갈라진 회음부를 보고 의사는 안타까운 듯 말했다.

"완전 두부살이네요. 많이 힘드셨겠어요. 살이 많이 상해서 한참 꿰매야 되니까 그대로 계세요."

한참을 바느질을 당한 뒤에야 분만실에서 휠체어를 타고 나올 수 있었다. 승강기를 타고 거울에 비친 얼굴을 봤더니 눈가와 이마의 실핏줄들이 다 터져 있었다.

병실에 올라와 안정을 취하면서 지인들에게 출산 소식을 알리는데, 그제야 엄마 생각이 났다. 갑자기 목이 메었다. 엄마와 내가 서로에게 애썼다고 말하는 장면이 그림처럼 눈에 그려졌다.

"엄마, 나 낳을 때 얼마나 아팠어? 그때 혼자서 얼마나 무섭고 힘들었어?"

무엇보다 그 말을, 뒤늦은 위로를 해줄 수 없어서 안타까웠다.

몸조리를 할 때는 엄마가 입버릇처럼 하던 말이 생각났다.

"희야, 너는 애 낳고 나서는 아무 걱정 마. 엄마가 조리 다 해줄 테니까. 엄마가 무조건 잘 먹고 잘 쉬게 해줄 거야. 보약도 많이 먹일 거야. 산후조리만 잘하면 더 건강해질 수 있어. 여자들은 아이를 낳고 몸이 다시 만들어지거든. 그때 꼭 몸 잘 만들자고."

초보 엄마티를 팍팍 내며 한참 헤매던 날, 바람이라도 쐬자 하고 아이와 산책을 나갔다. 한 모녀가 눈에 들어왔다. 친정엄마로 보이는 나이 지긋한 아주머니와 딸이 유모차를 끌며 단란하게 걸어가는 모습.

엄마의 장례식 때도 느끼지 못한 격한 외로움이 밀려들었다. 그때 그 모녀의 모습은 내가 세상에서 가장 부러워하는 장면이었다.

'엄마 앓이'는 한동안 계속됐다. 아이에 대한 사랑이 깊어질 때마다, 신통한 말을 하며 엄마에 대한 사랑을 명랑하게 표현하는 아이를 볼 때마다 엄마 생각을 했다. 엄마의 마음이 이랬겠구나, 이렇게 힘이 들었겠구나, 이렇게 행복했겠구나. 엄마와 딸이 세상에서 가장 좋은 친구가 될 수 있는 건, 바로 이런 경험과 마음 때문이라는 걸 이제는 알겠는데…… 내겐 기회가 없구나.

엄마와 내가 나눌 수 없었던 시간들을 지나오며 조금은 서러웠고 때로는 외로웠다. 하지만 나는 하나씩 배워나가고 있는 것도 같다. 부모를 잃는다는 것은, 칭찬과 보살핌을 바라며 응석을 부리던 아이의 마음을 보내고 누군가 없이도 스스로를 사랑하고 지키는 법을 다시 한번 깨우치는 일이라는 사실을. 그렇게 나는 홀로서기의 시간을 통해 어른다운 어른으로, 한 사람의 엄마로, 오늘도 성장하는 중이다.

어쩌면 그리움은
축복일지 모른다

돌. 아. 가. 신.

검색창에 네 글자를 입력한다. 이내 수많은 게시판의 글들이 뜬다. 새삼 느낀다. 이렇게 많구나. 누군가를 잃은 사람들이.

엄마가 떠난 뒤로, 잠을 이루지 못하는 날이 가끔 있었다. 그런 날이면 한 번씩 자주 가는 커뮤니티에 들어가 나와 비슷한 사람들의 이야기를 일부러 찾아 읽곤 했다. 상처를 상처로 위로하고 싶은 마음이었다. 당신만 그런 게 아니라고, 누구나 겪는 일이라고 말해주는 이야기가 듣고 싶었다. 내가 생각한 것보다 더 많은 사람이 그리움에 울고 있었다.

- 돌아가신 엄마가 너무 보고 싶어요.
- 가족이 돌아가신 분들은 언제 그분들의 부재를 처음 느끼셨나요?
- 친정엄마 돌아가신 분들, 그리울 땐 어찌 견디시나요?
- 돌아가신 엄마가 왜 꿈에 안 오실까요?
- 부모님 돌아가신 분들, 언제 가장 보고 싶으세요?

사별의 아픔을 견디는 특별한 방법이 있을 거라고는 기대하지 않았지만, 역시나 많은 이가 그저 슬픔을 어쩌지 못한 채 껴안고 살아가고 있었다.

- 그리우면 그냥 그리워하는 수밖에요.
- 충격과 슬픔은 덜해져도 그리움은 해가 갈수록 진해지거나 그대로예요.
- 우세요. 울고 또 울다 보면 차오른 그리움이 조금 비워지기도 한답니다.

그렇게 게시판의 글과 댓글을 하나하나 내 이야기인 듯 천천히 읽어가다 예상치 못했던 댓글을 발견하고 말았다.

- 그리워할 만큼 좋은 엄마가 옆에 있었음에 감사하세요.
- 그렇게 그리운 엄마 두셨음에 부럽네요. 님들은 축복 받으셨네요.

의외로 이런 댓글들이 꽤 많이 달려 있었다. 그들은 부모를 잃은 사람들을 부러워하고 있었다. 한 번도 생각해보지 못한 일이었다. 누군가 나를 부러워할 거란 생각. 그리워할 만큼의 엄마라면 좋은 엄마였을 거라는 것. 그러니 좋은 엄마를 둔 당신은 행복한 사람이라는 것.

엄마를 잃고 난 줄곧 '잃었다'고만 생각해왔다. 내 사람을 잃었다고, 좋은 것들을 함께 나눌 시간을 잃었다고, 두고두고 잊히지 않을 행복할 순간을 만들 기회를 잃었다고, 사랑한다고 말할 수 있는 시간들을 잃었다고. 때로는 억울하고 때로는 서러웠다. 편안하게 여생을 누리며 손주를 보고 웃는 나의 부모를 바라보는 사소한 행복조차 내 것이 아니라니. "그냥 전화했어. 목소리 듣고 싶어서." 이유 없이 생각날 때 무심한 척 사랑을 고백할 흔한 기회조차 내겐 없다는게 화가 나기도 했다. 텅 빈 마음이 될 때마다 믿었다. 내게는 이제 아무것도 남지 않았다고 여겼다.

그런 줄 알았다. 그런데…… 그런 나를 누군가는 부러워하고 있었다. 그리움은 "떠난 이들이 나를 얼마나 사랑했는지를 말해주는 증거"라고 누군가는 힘주어 말하고 있었다.

나는 인정하지 않을 수 없었다. 엄마와 함께한 시간, 30년이 훨씬 넘는 그 시간은 사라지지 않았음을. 우리의 그 시간만큼은 누구도 내게서 뺏을 수 없는 것임을. 누구에게나 당연하게 그런 행복의 시간이 주어지는 것은 아니라는 사실을.

항상 그리움은 슬픔의 감정이라고 생각해왔다. 그리움은 아픈 거라고, 당신들이 그걸 아느냐고 괜한 원망을 품기도 했다.

그 시간을 돌아와 가만히 생각한다. 어쩌면 그리움은, 축복일지도 모른다고.

이별에 대처하는
각자의 자세

"당신은 이제 우주 미아입니다. 아무것도 없는 우주 한복판에서 영원히 혼자 살아야 합니다."

아빠가 돌아가셨을 때 누군가 자신에게 그런 선고를 내린 것 같았다고 후배는 말했다. 후배는 1년 반 전에 아버지를 보내드렸다. 엄마는 그보다 훨씬 일찍 돌아가셨다고 했다. 그래서였을까. 이전에 이야기를 통해 듣는 후배와 아버지의 사이는 무척 돈독해 보였었다. 아빠의 머리를 감겨준다는 후배의 말을 들을 때마다 가슴에서 뜨겁고 뭉클한 것이 올라오곤 했다.

후두둑 떨어져 카펫처럼 거리를 뒤덮은 낙엽을 사각사각

밟는데 후배의 얼굴이 아른거렸다. 잘 지내고 있을까? 나는 핸드폰을 들어 문자를 찍었다.

"아버지 가끔 보고 싶지? 그 시간을 어떻게 지나가고 있니?"

"힝…… 눈물 난다. 엄마는 이제 한참 돼서 보고 싶을 땐 사진을 보는데, 아빠는 아직 방법이 없어. 안 그래도 오늘 새벽에 잠에서 깨서 좀 울었어. 아빠 목소리 들으면 힘이 날 것 같은데, 그럴 수 없으니."

그러면서 후배는 말했다. 그럴 때마다 얼른 다른 생각을 하려고 애쓰기도 하고, 어느 땐 작심하고 아빠의 영상을 보면서 대성통곡을 하기도 한다고. 딱히 어떻게 해보라고 조언을 해주지 못한 채 짧게 한마디를 던졌다.

"우리 자주 만나자."

우리가 서로의 부모님이 되어줄 순 없겠지만, 그 자리를 감히 채울 수는 없겠지만, 나는 너의 마음을 아니까. 너는 나의 마음을 아니까. 그렇게 말은 했지만 괜히 울렸나 싶어 미안한 마음을 전하니, 돌아오는 후배의 말.

"괜찮아. 난 오히려 위로받은 것 같아."

집에 돌아와 주고받은 문자를 다시 한번 읽어본 뒤, 에세이 한 권을 집어 들었다. 오빠를 18년 전에 잃고 남겨진 동생이 다시 살아가는 이야기. 보지 않으려 했을 뿐, 보려고 하면 알게 된다. 얼마나 많은 사람이 이별하며 살고 있는지.

문득, 오빠들이 궁금했다. 나의 오빠들. 생각해보니, 우리는 한 번도 서로에게 묻지 않았었다. 너는 지금 괜찮냐고, 울 때도 있느냐고, 그럴 땐 어떻게 하느냐고. 나는 잠시 망설이다 핸드폰을 들어 오빠들과의 단톡방을 열고 다짜고짜 물었다.

"오빠들은 가끔 엄마나 아빠가 보고 싶어?"

오빠들의 첫 반응은 역시 뜨악하다. 갑자기 왜 그러느냐, 무섭다, 무슨 일 있느냐부터 묻는다. 그러다 하나씩 자신들의 마음을 털어놓기 시작했다. 그래서 나는 처음으로 알게 됐다. 오빠들도 울었다는 것을. 드라마에서 엄마가 떠나는 장면을 오빠들도 흐느끼며 봤다는 것을. 그럴 때면 아내와 술을 한잔 하기도 한다는 것을. 성지순례를 갔을 때도, 고운 단풍이 선명하게 들었을 때도, 어머니가 이런 거 좋아하셨을 텐데, 하며 이야기를 나눴다는 것을. 막내딸이 애교를 부릴 때마다 엄마가 봤으면 녹았겠다 싶어 웃기도 했다는 것을.

좋은 것을 볼 때 엄마를 떠올리는 작은오빠와 달리 큰오빠는 의지하고 싶을 때 엄마를 떠올리고 있었다. 중요한 결정을 내려야 할 때, 힘든 일이 생겼을 때, 그리고 자식들에게 마음처럼 해주고 싶어도 그러지 못하는 현실을 느낄 때, 가끔 아내와 한잔 하면서 엄마가 짊어져야 했던 삶의 무게에 대해 얘기한다고 했다. 부모가 되어 부모라는 무거운 자리를 생각하는 모습을 떠올리는데, 불쑥 큰오빠가 자신의 마음을 내비쳤다.

"이제 우리가 서로에게 의지가 되어야 하는데, 오빠가 못나서 미안하다."

우리의 얘기는 아직 서툴기만 했다. 서로의 얘기를 들으며, 그랬느냐고, 몰랐다고, 많이 슬펐겠다고 다독이진 못했다. 그저 뜨문뜨문 각자의 얘기를 하나씩 꺼내놓았을 뿐.

왜 우리는 이런 얘기를 그동안 하지 못했을까?

투병하는 부모를 돌보고 떠나보내야 하는 자식들에게는 '슬픔' 하나로만 설명할 수 없는 수많은 일과 감정이 생겨난다. 기대고 싶은 마음, 나의 고단함과 희생을 알아줬으면 하는 마음, 곁에 있고 싶어도 그럴 수 없어서 괴롭고 외로운 마음, 상처를 누구 탓으로든 돌리고 싶은 마음, 너무 힘드니 나 좀 어떻게 해달라고 응석을 부리고 싶은 마음. 우리도 몇 년 사이에 엄마와 아빠를 보내면서 그 수많은 마음 안에서 갈등했고, 실망했고, 분노했다. 우리는 서로를 의지했지만, 의지한 만큼 아프다는 이유로 서로에게 상처를 내기도 했다. 때문에 조심스러웠을 것이다. 다시 그때를 떠올려 아프게 할까 봐. 괜히 잊고 잘 살아가고 있는데 해묵은 원망을 다시 들쑤시며 서로를 괴롭힐까 봐.

그런데 오빠들과 얘기를 나누니, 우리에겐 이런 시간이 무엇보다 필요했을 거란 생각이 들었다. 그저 물어봐준 것만으로 위로가 되었다고 후배가 말해준 것처럼, 우리도 서로에게 물어봤어야 한다는 생각이 들었다. 우리는 함께 남겨졌으니까. 혼자 남겨진 것이 아니었으니까. 적어도 네 옆에 내가 있다고, 나도 그렇다고 얘기할 수 있었다면 어땠을까.

다시 한 해가 저물면서 엄마의 기일이 다가온다. 우리는 언제나처럼 한자리에 모두 모일 것이다. 그때, 오늘 우리가 했던 이야기를 다시 나눌 수 있다면 좋겠다. 얼굴을 보면서.

어떻게 지내냐는 평범한 안부와 시시껄렁한 농담 사이사이, 우리의 진심을 털어놓을 수 있다면 좋겠다. 그때는 조금 울어도 상관없겠지. 어쩌면 조금은 웃어도 괜찮을 것이다. 우리는 '함께' 우리가 사랑하는 사람을 추억할 수 있으니까. 그건 분명, 행복하고 감사한 일이란 것을 우리는 모두 알고 있으니까.

뻔한 말들이 주는 위로

"저기 달 떴다. 엄청 큰 달."

운전을 하던 남편의 말에 아들이 엉덩이를 들썩였다.

"어디, 어디?"

손을 내밀면 닿을 것 같은 둥근 달을 보는데 아들이 뜬금없이 엄청 큰 목소리로 인사를 했다.

"안녕하세요, 할머니 할아버지. 엄마! 저 달은 할머니, 그 옆의 별은 할아버지야."

그러고는 대단한 사실을 발견한 듯 말을 이었다.

"엄마, 할머니랑 할아버지가 우리를 자꾸 따라와. 엄마가 좋아서 따라오시나 봐."

맞다. 수없이 들어왔던 이야기. "사랑하는 사람은 하늘로 가서 별이 된다." 어쩌면 너무 뻔한 클리셰. 그런데 이상하다. 나는 왜 이 말을 듣고 또 울컥하고 있는 거지?

칼 세이건의 유명한 말. "우리는 모두 별들과 같은 물질로 이루어진 존재다"라는 얘기를 처음 들었을 때, '과알못(과학을 잘 알지 못하는)'인 나는 그랬다.

"뭔 소리인지는 모르겠는데, 왜인지 낭만적이네."

뒤늦게 몇몇 글을 읽으면서 우리의 몸과 공기, 발을 딛고 서 있는 땅, 우리가 만들어낸 모든 사물을 포함한 같은 세계의 모든 존재가 '원자'라는 작은 단위로 이루어져 있다는 것을 알았다. 그 모든 것은 빅뱅 이후 처음 생겨났고, 폭발하는 별의 내부에서 쏟아져나왔다고 한다. 생명은, 광대한 우주 어딘가에서 벌어진 별들의 대사건 후에 우주를 떠돌던 물질이 태양의 중력에 이끌려 지구에 내려앉아 끊임없이 진화한 결과였다.

아, 역시 과학은 어려워, 하며 내가 우주와 생명의 신비를 조금이라도 이해할 수 있을까 하고 한숨을 쉴 무렵, 한 다정한 물리학자의 이야기가 내 마음에 물들었다. 그는 말했다.

나의 존재를 이루는 것들이 어디에서 시작됐는지를 알게
되면, 죽음을 다른 시선으로 보게 된다고. 우리는 (별과 같
은 물질인) 원자로 이루어져 있는데, 원자는 불멸한다는 것
을 아느냐고. 그러니 "인간의 탄생과 죽음은 원자들이 모였
다가 흩어지는 것과 다르지 않다"고(물리학이 이렇게 아름다울
줄이야).

　아, 그런 거였어, 하며 나는 어느 동화(『이게 정말 천국일
까?』, 요시타케 신스케)를 떠올리고 있었다.
　할아버지가 세상을 떠난 뒤, 손주와 가족들은 할아버지
방에서 한 권의 노트를 발견한다. 그 노트에는 할아버지의
'천국'에 관한 상상이 가득했다. 할아버지는 마치 가족들에
게 말하는 것처럼 이런 메모도 남겼다.
　달이 되어, 지나가는 아기가 되어, 상처 딱지가 되어, 사
과가 되어, 귀이개가 되어, 바람에 빙글빙글 날아다니는 비
닐봉지가 되어, 잼 숟가락이 되어, 동전과 함께 있는 꾸깃꾸
깃한 지폐가 되어, 목욕탕 의자가 되어, 길에서 공짜로 주는
화장지가 되어 사랑하는 이들을 지켜볼 거라고.
　죽음이 가까워져 온 할아버지는 본능적으로 느끼고 있었

던 것일까? 자신은 결코 사라지지 않는다는 것을.

그렇다. 물리학의 시선에서 보면 죽음은 소멸이 아니다. 그저 우리 몸을 이룬 원자들이 흩어지는 것일 뿐. 그렇다면 흩어진 원자들은 이 우주를 떠돌며 그 무엇이든 될 수 있을 것이다. 떠난 이가 별이 될 거라고 믿는 사람들의 믿음은 결코 헛된 꿈이나 환상이 아니다. 그것이야말로 우주의 진실이자 삶의 비밀일 수 있다는 것을, 할아버지는 알고 있었는지 모른다.

아이가 달을 보며 맑은 상상을 전해주었을 때 울컥할 수밖에 없던 내 마음을 나는 비로소 이해했다. 나는 정말로 믿고 싶었던 것이다. 아니, 믿고 있었던 것이다. 나의 두 사람은 그렇게 어딘가에서 또 다른 무엇이 되었을 거라고. 그걸 의심하지 않는 동심에서 나는 위로를 받았던 것 같다.

가끔은 뻔한 말들이 위로가 된다. 그리고 때로 삶은, 그 안에 진실이 있다고 알려준다. 진실 안에 진심 또한 담겨 있다는 것을 우연한 기회에 깨닫게 한다.

여섯 살 아들은 달을 보고 별을 본 뒤, 엄마를 꼭 안아주었다. 그리고 가르쳐주었다.

우리가 믿는 것들이 때로 진실일 수 있다는 사실에 감동
하는 날, 삶의 의미는 우리 안에서 다시 반짝일 거라고.

행복하냐는
질문 앞에서

오래된 친구들은 가끔 아무런 설명 없이 불쑥 나의 인생을 점검한다. 부산으로 떠나 오랫동안 보지 못한 대학 친구와 간만에 통화를 하던 중이었다. 잡다한 수다 사이에 맥락 없이 친구가 물었다.

"행복하냐?"

뜬금없이 훅 들어온 질문에 쉽게 답하지 못했다. 나는 행복한가? 친구는 망설이는 나를 기다려주지 않고 다시 물었다.

"불행해?"

행복하냐는 질문에 망설이고만 있던 나는 이번엔 1초의 여지도 두지 않고 대답했다.

"아니."

친구는 심드렁한 말투로 대꾸했다.

"그럼 된 거지."

며칠 동안 친구의 질문이 계속 나를 따라다녔다. "행복하냐?"

딱히 불행한 것도 아니라고 했으면서 왜 나는 대답을 하지 못했을까? 한참을 그 문제를 생각하는데, 어디선가 들었던 말이 답처럼 떠올랐다.

"부모님 돌아가시고 난 다음에 그런 생각을 했어요. 내겐 이제 100퍼센트의 행복은 없겠구나. 90퍼센트의 행복, 99퍼센트의 행복은 있을지 몰라도, 그 어떤 것도 나를 100퍼센트로 만들어줄 순 없을 거라고."

나도 줄곧 그렇게 생각해왔던 거다. 어찌어찌 나는 살아가고 또 살아가게 되겠지만, 이전의 나로는 돌아갈 수 없을 거라고. 내 가슴에 난 구멍은 영원히 채워질 수 없을 거라고. 그 구멍 때문에 행복을 장담하지 못했는지도 모르겠다.

시간이 지나면 그 구멍에 조금은 익숙해진다. 가끔은 의식하지 못한 채 일상을 지낸다. 그러다 한 번씩 사소한 일들 때문에 구멍으로 드나드는 시린 바람을 느낀다.

그날도 그랬다. 유치원 가족 행사가 있던 날이었다. 남편이 워크숍을 떠나서 아이와 단둘이 행사에 참여하러 갔다. 도시락에 돗자리에 기증품까지 무거운 짐을 들고 아이의 손을 잡고 걷자니 남편이 더 아쉬웠다. 힘겹게 걸어서 유치원에 도착하니, 아이 절친의 엄마가 반갑게 인사를 했다.

"혼자 오셨어요?"

"네. 그렇게 됐네요."

"아유, 저흰 너무 많이 왔나 봐요."

우리 뒤편에는 그녀의 남편이, 건너편에는 동생과 친정 아버지가 서 있었다. 친정엄마도 오시는 중이라고 했다. 대가족 출동이었다. 행사가 얼추 끝나고 도시락 타임에 그들 옆에 돗자리를 펴고 앉았다. 시끌시끌한 가족들 사이에서 아무렇지 않은 듯 도시락을 나눠 먹는데, 가슴 한쪽이 시큰거렸다. 전날 비가 온 탓인지 날은 더 차갑고 바람도 많이 불었다. 나는 점퍼의 지퍼를 끝까지 올렸다.

행사가 끝나고 텅 빈 집에 들어오자마자 아이와 나는 뻗어버렸다. 허전한 마음. 이럴 때 의연하면 좋은데, 나는 이

때가 기회라며 아이에게 응석을 부리는 철없는 엄마다.

"엄마 보고 싶다."

"응? 할머니?"

"아까 네 친구 할머니 보니까 부럽더라. 우리 아들도 엄청 예뻐해서 달려오셨을 텐데."

"힝, 엄마, 나도 할머니 보고 싶다."

"엄마도."

"근데 엄마, 내가 있잖아. 잊었어? 내가 할머니 대신이야."

아, 짠하다, 하려는데, 금세 아이는 엄마를 내버려두고 레고 상자를 연다.

그래, 그랬지. 너는 네 살 무렵의 추석에도 할머니 할아버지 집에 다녀오면서 엄마에게 말했었지.

"엄마, 엄마는 이제 어디로 가?"

"응?"

"아빠는 아빠의 아빠랑 엄마 만났잖아. 엄마는 어디로 가?"

신통한 대답을 하지 못하고 있던 그때도 너는 내게 그랬지.

"엄마, 내가 있잖아."

메울 수 없을 거라고, 이 빈자리는 영원할 거라고, 그렇게 생각하던 때가 있었다. 그때마다 빈 구멍으로 찬바람이 드나들지 못하게 아이가 가슴에 안긴다. 보드랍고 포근하다. 구멍은 메워줄 수 없지만 시린 바람은 막아줄 수 있다고, 아이는 내게 말해준다.

결핍 없는 사람이 있을까? 내가 겪은 이별은 인생에서 누구나 한 번은 겪는 일. 살면서 숱하게 봐오지 않았던가. 모든 걸 다 가진 이는 없다는 걸.

엄마가 슬퍼 보인다고 눈물을 글썽이던 녀석은 이내 놀이에 빠져 혼자 깔깔거리고 있다. 아들을 보면서 상상한다. 헛헛한 마음으로 휘청대는 이에게 "좀 먹어봐" 하고 뜨끈한 국물을 내어주는 광경을. 창밖을 한참 동안 바라보고 서 있는 친구 곁에 말없이 다가가 함께하는 누군가를. 엎드려 잠든 이의 어깨에 가만히 스웨터를 덮어주는 장면을. 끙끙 앓으며 잠든 이의 머리를 손으로 가만히 짚어보는 모습을…….

남은 날들은 그렇게 서로가 서로의 빈 곳을 조금이나마 채워주는 날들이기를 소망한다.

친구에게 다시 전화를 걸어야겠다. 이번엔 묻지 않아도 먼저 이렇게 말해야지.

"생각해봤는데, 나 행복한 것 같아."

엄 마 , 지 금 거 기 있 어 요 ?

믿지 않을지도 모르겠지만, 나는 가끔 엄마가 어딘가에 있다는 생각이 든다.

내 생일날이었다. 주일이어서 미사를 보고 있는데, 엄마가 가장 좋아하는 성가(1년에 한두 번 나올까 말까 한)가 흘러나왔다. 나는 조금 울었다. 엄마는 기억하고 있다고, 엄마 여기 있다는 거 잊지 말라고 내게 말하는 것만 같아서.

초보 엄마티를 팍팍 내며 육아와 씨름하던 시절, 보이스 피싱 전화를 받은 적이 있다. 뉴스에서도 보고 신문에서도 보고 그들의 흔한 수법을 익히 들어왔음에도 불구하고, 집에 콕 박혀 옹알이 대화만 하던 탓이었을까? 나는 그만 핸드폰 속으로 빨려 들어가 그들의 말에 따라 노트북을 켜고 공인인증서를 불러오고 있었다. 노트북이 그들의 소원과 달리 버퍼링을 일으키자, 나는 바보처럼 무언가에 홀린 듯 현금인출기를 향해 달려가고 있었다. 때마침, 친한 동생이 놀러 왔다가 나의 심상치 않은 통화를 듣고는 핸드폰을 빼앗았다.

"보이스피싱인 거 다 알아요!"

그러고는 신고를 해줬다.

"언니, 정신 좀 차려. 그러니까 애만 보지 말고 사람도 좀 만나고 이야기도 나누고 좀 해."

아니, 육아 집중기에는 다 이런 거 아니니, 어깨를 들썩이며 바보처럼 웃던 나는 지금 생각해도 어느 웹툰에 나올 법한 모자란 주인공 같았다. 그날, 동생은 헤어지면서 그랬다.

"언니, 암만 생각해도, 언니 엄마 아빠가 지켜주신 것 같아."

나의 '허당' 에피소드는 또 있다. 한번은 지하철을 타고 책을 보다가 뒤늦게 내려야 하는 역이라는 걸 깨닫고 닫히려는 문을 향해 무식하게 몸을 날렸다. 그러다 그만, 지하철 문에 발 하나가 끼어버렸다(문을 기준으로 몸은 바깥쪽에, 발은 안쪽에 끼어 들어가 있는 상황). 어떻게든 몸부림을 쳐서 발을 빼보려고 해도 내 힘으론 어림도 없었다. 설상가상으로 지하철이 출발하려고 움직이기 시작했다. 이렇게 죽는 건가? 아, 우리 아들은 어쩌지, 이제 겨우 여섯 살인데, 남편이 혼자 키울 수 있을까? 찰나의 순간에도 밀려드는 방정맞은 생각들. 정신을 차리고 문을 두드렸다.

"어떻게 좀 해주세요! 도와주세요!"

그때였다. 문 맞은편에 있던 잘생긴 청년 두 명이 놀라서 번개처럼 일어나 달려오더니 각각 양쪽에서 있는 힘껏 문을 잡고 당겨줬다. 다행히 문이 조금 열리면서 내 발은 무사히 빠져나왔다. 얼빠진 나는 두 청년에게 고개만 대충 숙이고는 미친 듯이 계단을 뛰어올라갔다. 지하철에서 나를 본 모든 사람이 내 얼굴만은 보지 못했기를, 나를 제발 잊어주기를 바라면서. 화장실을 찾아 들어가 콩닥거리는 가슴을 진정시키는데 손이 떨렸다. 마음을 가다듬고 지하철역을 빠져나오는데 나도 모르게 중얼거리고 있었다.

"엄마, 또 왔다 간 거야?"

모르겠다. 죽은 이들이 다시 이 세상에 다녀갈 수 있는 건지 없는 건지, 내가 속한 세상에서는 확인할 길이 없다. 그런데 사랑하는 이를 떠나보낸 사람들은 종종 나와 같은 느낌을 받는 것 같다. 작가 존 버거가 아내가 떠난 뒤 아들과 함께 쓰고 그린 책에도 그런 이야기가 나온다.

> 우리는 계속 뒤돌아보고 있소. (……) 당신이 우리와 함께 있는 것 같은 느낌이 들어.

> 좋은 날에는 엄마를 느낄 수 있어요. 보통은 제 머리 위에서 퍼져가는 존재감. 엄마가 마치 미소를 띠고 계신 것 같아요.
>
> _존 버거,『아내의 빈 방』

(위기의 순간을 제외하고) 내가 엄마를 자주 느끼는 날은, 눈 오는 날이다. 엄마는, 새해를 하루 반 남기고, 눈이 펑펑 오던 깊은 밤에 떠났다.

흙을 떠 올린 무덤 위로 하얗게 쌓이는 눈을 보면서 참 엄마답게 떠나는구나, 생각했다. 지난 일에 미련을 두지 않고 앞으로 뚜벅뚜벅 걸어가던 엄마처럼, 아픈 일도 힘든 일도 모두 잊으라는 듯 내 머리와 가슴에 가만가만 눈이 떨어졌다가 사라졌다.

가끔 하얗게 뒤덮인 세상을 볼 때면, 엄마가 이렇게 말하는 것만 같다.

"봐봐. 다시 깨끗해졌지. 이제 또 네 발자국을 만들면 돼. 끝이라고 생각하지 마. 시작이라고 생각해. 끝과 처음은 언제나 맞닿아 있어."

온갖 상처와 흔적이 어지러운 세상을 소복하게 감싸 안은 눈을 볼 때마다, 손가락을 들고 흰 눈밭에 인생을 다시 그려보고 싶은 충동이 든다. 무엇이든 다시 시작하고 싶어진다.

오늘 밤, 첫눈이 올지 모른다는 예보를 들었다.

까만 밤, 하얗게 쌓인 눈을 본다면 창문을 열고 손을 내밀며 나는 또 버릇처럼 물을지도 모르겠다.

엄마, 지금 거기 있어요?

조금 울어도 상관없겠지.

어쩌면 조금은 웃어도 괜찮을 것이다.

우리는, 사랑하는 사람을 추억할 수 있으니까.

그건 분명,

행복하고 감사한 일이란 것을 우리는 알고 있으니까.

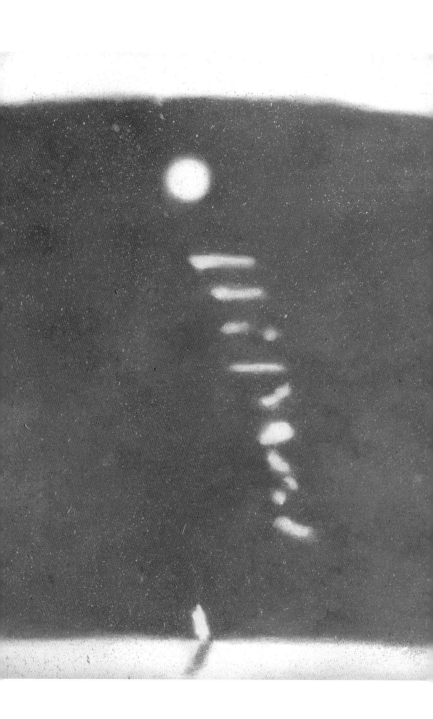

게발선인장을
보내며

엄마, 결국······ 시들어버렸어.

게발선인장 기억나지?

신혼집이 새 아파트라 새집증후군 걱정된다며,

우리가 신혼여행 간 사이 엄마가 차도 없이 택시를 타고서

혼자서 사고 날랐던 크고 작은 화분들.

산세비에리아, 국화, 스파티필름, 행운목과 함께

우리 집에 온 녀석, 게발선인장.

동그랗고 매끄러운 연두색 잎이 게발을 닮아

그런 독특한 이름을 갖게 됐다지?

화려한 진분홍 꽃잎을 펼치며 우리 집 봄을 책임지던

게발선인장은 언젠가부터 우리 집 마스코트였어.

그 많던 화분이 하나씩 다 시들어도

씩씩하게 살아남아 준 녀석이 어찌나 고마웠는지.

게발선인장 꽃이 만개할 때면 그 옆에서

아들과 뭉치 사진도 많이 찍어줬지.

작년에 화분이 좁아 보여 분갈이를 해줬는데,

모래를 너무 덜 섞어준 건지, 아니면 물을 너무 많이 준 건지,

탱탱한 잎들이 쪼그라들더니 다 떨어져버렸어.

속이 상해서 남편한테 치워달라고 했더니

차마 버리지 못하고 동네 앞 야트막한 둔덕에 심어놓았대.

올봄에 산책을 가다 그 옆을 지나는데 남편이 말하는 거야.

"살아 있어! 살아 있었어!"

글쎄, 빨간 꽃봉오리 몇 개가 마른 잎들 사이로 보이지 뭐야.

당장 게발선인장을 데려와 화분에 심어줬지.

그런데 여기까지가 녀석의 수명이었던 걸까?

꽃들을 팡팡 터뜨리더니

결국 이렇게 완전히 말라버렸어.

엄마, 실은 다시 살아난 게발선인장을 보면서

마음이 안 좋았어.

게발선인장이 내게 말하는 것만 같았거든.

어쩌면, 엄마도 아빠도 더 함께할 수 있었는데

놓친 게 있을지 모른다고.

알아. 엄마는 내가 이런 생각하는 거 싫어할 거라는 거.

어쩌면 이렇게 말할지도.

누구의 탓도 아니라고,

죽음은 잘못된 것이 아니라 그저 삶의 일부일 뿐이라고.

엄마! 이제 속상한 마음, 안타까운 후회,

훌훌 털어내도 될까? 그래도 될까?

다시 게발선인장을 키우고 싶어.

봄이 오면 화원에 가서 예쁜 녀석으로 데려올까 봐.

그때는 잘 키울 수 있겠지?

6장

사랑은
사라지지 않는다

어쩔 수 없는 일이
무수히 놓인다고 해도

"나 엄마랑 그렇게 친하지 않은데?"

태어나서 처음으로 엄마와 함께 여행을 하는 로드무비 프로그램 제안을 받았을 때, 가수 이효리가 처음 했던 말이다. 엄마와 딸은 다정한 사이일 거라 흔히 생각하지만, 그게 꼭 그렇지는 않다. 각자의 가족에게는 저마다의 서사가 있고, 모양도 빛깔도 다른 여러 감정이 공존한다. 사랑하면서도 미워하고, 고마우면서도 서운하고, 화가 나다가도 안쓰러운.

엄마와 딸 사이는 복잡하고 미묘하다. 이런 까닭에 그들의 사랑은 감정의 파고 속에서 때때로 길을 잃기도 한다. 5

박 6일의 여행 동안 엄마와 딸의 사랑은 제자리를 찾을 수 있을까. 더는 엄마와 무언가를 함께할 수 없는 나이기에, 부러운 마음 반, 궁금한 마음 반으로 TV 프로그램 〈엄마, 단둘이 여행 갈래?〉를 찾아봤다.

엄마는 지금 낯선 숙소의 부엌에서 저녁을 준비하느라 분주하다. 여행의 첫 집밥 메뉴는 딸이 먹고 싶었다는 엄마의 오징엇국. 정말 오랜만에 밥을 해준다는 말을 몇 번이나 반복하는 엄마의 표정은 어쩐지 살짝 들떠 보이고, 딸은 30년 만에 먹게 될 엄마표 오징엇국 레시피를 받아 적느라 바쁘다. 국이 한소끔 끓었을 때, 엄마는 옛날 그 맛이 날지 모르겠다며 딸에게 맛을 봐달라고 한다. 딸의 입맛에 맞는지 궁금해 도마를 정리하며 슬쩍슬쩍 딸을 바라보는데, 어쩐지 딸은 한 입 두 입 먹어보고도 말이 없다. 옛날 그 맛이 나냐고 재차 물어도 입을 열지 않던 딸은 숟가락을 내려놓고 방으로 들어가는데 눈시울이 붉다.

익숙한 맛은 오래된 기억을 불러왔다. 오징어 한 마리로 여섯 식구가 저녁을 해결해야 했던 가난한 저녁 같은. 오랜만에 엄마의 집밥을 마주하고 눈물 바람을 하는 딸에게 오징어가 듬뿍 들어간 국을 떠주는 엄마. 오징엇국에는 오랫동안 들여다보지 못한 가족의 시간이 담겨 있다.

딸은 이번 여행에서 가족만이 아는 이야기를 엄마와 다정히 나누고 싶다. 그러기엔 너무 오래 떨어져 각자의 시간을 살아온 걸까. 어렸을 때는 엄마를 참 좋아했던 것 같은데 지금은 같이 있는 게 어색하고 엄마 얼굴을 보면 쌓인 말들이 툭툭 터져 나온다. 가족이 함께 밥을 먹을 때면 항상 불안했다고. 그때 내가 힘든 걸 알았을 텐데 왜 나를 구해주지 않았느냐고. 부모의 싸움을 보고 자란 탓에 절대 싸우지 않을 것 같은 남편을 고른 것 같다고. 딸은 자꾸 과거를 길어 올려 현재에 놓는다.

엄마는 딸의 마음을 쉽게 안아주지 못한다. 딸이 옛날 이야기를 꺼낼 때마다 좋은 이야기만 하자며 딸의 대화를 피한다. 일곱 살 때 엄마를 잃은 당신은 엄마의 정을 누구보다 그리워하며 살았기에 아이들이 태어나면 원 없이 사랑해주리라 다짐했지만, 마음만큼 충분한 사랑을 주지는 못한 것 같다. 지금 와 생각해보니 사랑받은 기억이 없어서 어려웠던 게 아닐까 싶다. 여성이 목소리를 낼 수 없던 시절이었던 것도 아쉽다. 요즘 같은 시절이었다면 엄마로서 더 할 수 있는 일이 있었을 텐데. 그 마음을 상관없는 남인 제작진에게는 고백해도 딸에게는 구구절절 설명하기가 어렵다.

대화의 벽을 느낀 딸은 다시 여리고 외로운 어린아이가 된다. 굳은 얼굴로 엄마가 발라준 매니큐어를 지우고 빗방울이 떨어지는 처마 밑에서 작게 슬픈 노래를 부른다. 눈가에 눈물이 고이면 빗물인 양 닦아내면서.

엄마와 딸 사이에 그어진 선은 여행의 몇 밤이 지나면서 조금씩 천천히 옅어진다. 어느 밤 두 사람이 작정하고 깊은 이야기를 나눈 것은 아니었다. 그저 함께 먹고 함께 잠들고 여행지에서 우연히 만난 사람들의 사는 이야기를 들었다. 그 사이사이 어떤 장면들이 해묵은 감정을 따뜻하게 감싸주었다. 엄마의 눈썹을 그려주면서, 연등의 빨간 빛이 엄마의 얼굴에 비치는 걸 지켜보면서, 엄마가 안아줬을 때 엄마한테서 나던 냄새를 맡으면서, 함께 잘 때 엄마 심장이 잘 뛰고 있다는 느낌을 받으면서 딸의 얼굴은 조금씩 편안해진다.

그 이유를 딸이 카메라를 보며 말한 것은 아니었지만 나는 알 수 있었다. 엄마는 여전히 딸을 사랑한다는 것과 엄마가 내 곁에 존재한다는 사실, 그 새삼스러운 진실을 실감한 여행의 시간이 딸의 마음을 충만하게 한 거다. 그 덕분에 딸은 마침내 자신이 보지 못했고 보려고 애쓰지 않았던 엄마의 지난 세월을 어렴풋이 보게 된다. 그러자 시나브로 깨닫는다.

"엄마는 나를 구할 수가 없었던 거구나. 안 한 게 아니라 못 한 거였구나."

그 말이 프로그램이 끝나고도 오랫동안 마음에 남았다.

엄마의 시간을 뒤늦게 보듬는 딸의 말을 생각하면, 그 위로 언젠가 그리움과 자책의 시간으로 힘들어하던 나를 위로해준 책 속의 한 문장이 겹쳐진다.

> 할머니가 그렇게 갑자기 생각나는 밤이면 이제, 내가 그러했듯이 할머니 역시 할머니의 한계 안에서 나를 사랑했을 것이라고, 그리고 그것은 인간이라면 어쩔 수 없는 일이라고, 그러니 내가 그때 할머니의 상태를 조금도 눈치채지 못한 것이 그렇게 큰 잘못은 아니라고 생각할 수 있을 만큼의 나이를 먹었다.
>
> _백수린, 『친애하고 친애하는』

그들처럼 우리도, 엄마는 엄마의 한계 속에서 나는 나의 한계 속에서 최선을 다해 서로를 사랑했을 것이다. 설사 우리 앞에 주어진 한계를 끝내 극복하지 못했다고 해도 그것이 사랑하지 않았다는 증거는 결코 아닐 거다.

생에는 우리의 힘으로 어떻게 할 수 없는 일들이 무수히 놓여 있고, 우리는 그저 시도하고 실패하고 다시 사랑하는 일을 반복하며 살아간다. 그것이 때때로 못내 안쓰럽지만, 그런 우리여서 애잔하면서도 아름답지 않은가 생각하기도 한다.

사소한 구원에 기대어

개업식이라고 몰려온 사람들로 식당 안은 시끌시끌했다. 광이 나는 흰색 테이블마다 빨간 보쌈김치와 김이 오른 수육 한 접시가 놓였다. 활짝 열려 있던 유리문 입구 한쪽에는 행운목 화분이 '축 개업' 리본을 달고 서 있었다.

새 형광등 조명 때문에 유난히 희고 밝았던 식당에서 가장 빛나는 사람은 엄마였다. 엄마는 살짝 달뜬 표정으로 손님들에게 미소를 지어 보이며 식당을 일사불란하게 진두지휘했다. 지금의 나보다도 한참 어린 30대였지만 엄마에게는 나이와 무관한 카리스마가 있었다. 그것이 무언가를 온마음으로 몰입한 사람들에게서 볼 수 있는 위세와 기운이라는 것을 아주 나중에 알았다.

　엄마가 호기롭게 시작한 보쌈집의 기억은 여기까지다. 당시 열 살도 되지 않은 나는 어른들의 세세한 속사정 같은 것은 알 리 없는 천진한 어린아이였다. 그 후의 보쌈집 이야기는 내 머릿속에 아주 간단한 결말로 남았다. 엄마의 보쌈집이 사람들의 인생 맛집으로 소문나 인생이 역전되거나 형편이 나아지는 그런 일은 없었다는 것.

　결과와 상관없이 엄마의 개업은 끝없이 이어졌다. 분식집, 백반집, 함바집, 닭칼국숫집, 치킨집, 호텔 한정식집…… 30년에 걸쳐 새로운 식당을 열고 또 닫고 다시 열고 또 닫았다. 이 글을 쓰며 나는 새삼 놀라고 있다. 어떻게 그럴 수 있었을까. 한 번도 힘들 것 같은 그 일을, 어떻게 세 아이를 키우며 하고 또 했던 걸까. 몸이 부서져라 애쓴 일들이 초라한 결과로 돌아올 때마다 어떻게 그것을 받아들이고 또다시 도전하고 또 도전했던 것일까.

　더 놀라운 건 이런 생각을 엄마가 살아 계실 때는 조금도 해보지 않았다는 거다. 식당을 열 때마다 나의 부모가 얼마나 많은 고민과 기대를 품었을지, 새로운 환경에 적응하기 위해 어떤 노력을 기울였을지, 밥벌이를 위한 고단함의 이면에는 어떤 사연들이 있었는지, 애써 차린 식당을 정리해야 할 때마다 어떤 마음이었는지 궁금해하지 않았다. 인생의 쓴맛을 모르는 안온한 시절의 무심함이었다.

엄마의 끝없는 도전을 다른 눈으로 바라보기 시작한 건 책을 쓰면서부터다. 짧게는 반년, 길게는 1년 넘게 시간과 마음을 바쳐 작업한 책이 세상에 나와 별다른 관심을 받지 못하면 서점 매대에서 몇 주도 안 돼 사라진다. 책 판매 결과를 좌우하는 요소는 너무도 많고, 그것이 작가의 성적표도 쓰는 삶의 전부도 아니라고 스스로 위로해도, 글쓰기 노동으로 손에 남은 게 어느 때는 초라한 인세뿐이라는 현실을 자각하면, 내가 이걸 위해 아이도 못 챙기고 잠도 못 자며 애를 쓴 것인가 싶어 한숨이 나온다. 이런 경험을 몇 차례 겪으면 조금씩 두려워진다. 계속 글을 쓰면서 살아갈 수 있을까. 20년도 넘는 시간을 글을 쓰며 살았는데, 글을 쓰지 않는다면 무엇을 할 수 있을까. 답을 알 수 없는 질문으로 마음이 괴로워지면 제일 먼저 엄마 생각이 났다.

엄마, 엄마는 어떻게 계속할 수 있었어?

엄마는 누가 봐도 요리에 재능이 있는 사람이었다. 엄마의 식당에 한 번도 오지 않는 손님은 있어도 한 번만 오는 손님은 없었다. 밥을 먹고 식당을 나서는 손님들은 따로 반찬이나 김치를 살 수 있느냐고 자주 물었다. 엄마는 한번 시작한 일에 대해서는 무섭게 몰입했고 식당을 쉬는 날이 없을 정도로 성실했다. 부지런한 노동의 결과는 근근이 살림을 이어갈 정도였고, 재능과 성실함에 부응하는 '대박'이나 '성공'은 엄마의 것이 아니었다. 최선을 다한 꼭 그만큼의 결과가 누구에게나 찾아간다면 더없이 좋겠지만, 인생은 알다시피 공평하지 않다. 때로는 운을 포함한 노력 바깥의 일이 삶의 많은 것을 결정짓기도 한다. 인생이 그렇다는 것에 뼈를 맞으면 우리 심장은 작아지기 마련이다. 그런데 엄마는 어떻게 그렇게 숱하게 현실에 좌절하면서도 매번 다시 일어섰던 것일까.

지난해, 가을에서 겨울로 이어지던 시간에 나는 아무것도 하지 않고 싶고 할 수 없을 것 같은 무력감에 시달렸다. 인생에 매번 패하는 기분이었다. 어떤 일이건 최선을 다하지 않은 적은 없었다는 생각에까지 미치면 더 마음이 가라앉았다. 곧 아침에 일어나는 일이 세상에서 가장 어려운 일이 되어버렸다. 아이는 학교에 보내야 하니 억지로 몸을 일으켜 아침을 챙겨준 뒤, 다시 침대로 쓰러져 아이가 돌아올 때까지 아무것도 먹지 않은 채 시체처럼 누워만 있는 날이 여러 날 계속되었다. 급기야 어느 날에는 눈을 떴다가 다시 감으며 생각했다. 이대로 그냥 사라지면 좋겠다.

한 번도 해본 적이 없던 생각을 아무렇지 않게 하는 순간, 나는 당황했다. 엄마라는 사람이 어떻게 이런 생각을 할 수 있지. 더는 나를 두고 볼 수가 없어 억지로 몸을 일으켜 침대에 걸터앉았다. 멍하니 앉아 있다가 침대 옆 책장에 꽂힌 책들을 무심하게 훑었다. 오래전에 사서 꽂아둔 책 제목 하나가 눈에 들어왔다. 『가장 사소한 구원』. 구원이라고? 어쩌면, 이 책에 나를 구원할 말들이 있을까? 기도하는 마음으로 일어나 책을 꺼냈다.

반복되는 불운으로 상처투성이가 된 30대 작가는 70대 노교수에게 이해할 수 없는 세상과 삶에 대해 토로하듯 원망하듯 신음하듯 편지를 써 보낸다. 노교수는 청춘의 시간을 사는 작가에게 뻔한 공감과 이해를 내비치는 대신, 뼈아프지만 진중한 조언을 단정한 경어체에 담아 답장한다. 오랜 세월을 살아낸 노인을 보면 늘 묻고 싶었던 게 많은 나였던지라 마치 책 속 작가가 된 것처럼 빨려들어 편지를 읽어 내려갔다. 그러다 상처를 반복적으로 곱씹는 작가에게 노교수가 작정한 듯 전해준 한 이야기가 내 머리를 강타했다.

지금은 포경선을 타고 산업적으로 안전하게 고래를 잡지만 예전에는 고래보다 훨씬 작은 쪽배를 타고 바다로 나갔다고 한다. 고래가 지나가는 길목을 찾은 다음, 숨을 쉬러 수면으로 올라오는 고래를 기다려 밧줄이 달린 창을 고래 살에 박히도록 힘껏 던지는 고래잡이는 무척 위험하다. 어마어마한 덩치와 힘을 가진 고래가 한 번만 들이받으면 쪽배 정도는 쉽게 뒤집어버릴 테니까. 하지만 그런 일은 일어나지 않는단다. 창을 맞은 고래는 오로지 자기 아픔만 생각하느라 사람이 아닌 "상처와 싸우려 하기 때문"에 사람들은 그저 "밧줄을 쥐고 고래가 지쳐 죽기만 기다리면" 되었던 거다.

이 이야기는 내게 묻고 있었다.

당신은 고래와 다릅니까?

아니라고 부정할 길이 없었다. 내 상처만 바라보고 고통과 싸우느라 허비한 시간은 도대체 얼마인지 셀 수도 없었다. 나는 고래였다.

그제야 알 것 같았다. 부푼 기대가 수없이 허물어져도 엄마가 또다시 희망의 집을 지었던 이유를. 죽지 않으려고 그랬던 거다. 살려면 실패 따위가 준 상처와 싸울 시간이 없다는 걸 엄마는 알았다. 다음 모퉁이에서 뭐가 나올지 아무도 모르는 거야. 그러니 일단 가는 거야. 상처 따위에 굴하지 않고 매번 기꺼이 모험을 택하는 사람이 엄마였다.

글을 쓴다는 건 매번 빈 페이지와 마주하는 일. 언제나 다시 시작하는 일이다. 내가 글로 어떤 세계를 지을 수 있을지, 글을 쓰며 무엇을 만날지, 그것이 어떤 결과를 내게 가져다줄지 나는 여전히 모른다. 아마 앞으로도 영영 모를 것이다. 그저 아는 건 내가 지은 것은 언제든 허물어질 수 있고 그때마다 인생은 계속 아무것도 없는 빈 페이지를 내밀 거라는 사실이다.

그렇더라도 멈추지는 말자고 다짐한다. 엄마가 열었던 수많은 식당이 허물어졌을지라도 엄마의 끝없는 도전이 내게 잊을 수 없는 이야기로 남은 것처럼, 내가 짓고 부수고

허물고 다시 짓는 그 시간이 의미 있는 이야기가 될 수 있도록. 오늘도 새 페이지를 연다.

슬픔을 위한 슬픔

작년 봄, 뭉치는 지구별에서 강아지별로 떠났다.

헤어지기 하루 전, 뭉치를 깨끗하게 단장해주었다. 어쩐지 그러고 싶었다. 누워 있는 뭉치 옆에 몸을 구부리고 앉아 머리를 가만가만 쓸어준 다음, 눈동자를 덮으려는 눈썹 털을 가위로 조금씩 다듬었다. 가위가 털에 닿을 때마다 뭉치의 커다랗고 까만 눈이 잠깐씩 움찔거렸다. 삐죽삐죽 제멋대로 자란 턱 주변 털까지 대강 정리해준 뒤엔 눈곱을 떼어주고 눈물 자국과 입가도 깨끗이 닦아주었다. 수고했어, 뭉치야. 이렇게 하니까 더 예쁘네, 우리 강아지.

그러고는 뭉치의 등과 배를 한참 쓰다듬는데 봄 햇살이

거실 안쪽까지 들어온 게 보였다. 햇볕 좀 쬘까? 뭉치를 안고 일어나 거실 창가로 갔다. 체중이 많이 나갈 때는 15킬로그램까지 나가 안기가 힘들었던 뭉치는 이제 깃털처럼 가벼웠다. 창문을 활짝 여니 미지근한 봄바람이 느껴졌다. 예전 같으면 까맣고 촉촉한 코를 킁킁거렸을 텐데. 뭉치의 마른 코를 보자 내 마음도 버석거렸다. 한참 햇살을 받으며 창밖을 바라보다 뭉치의 머리에 잠시 볼을 댄 다음 가만히 말했다.

"뭉치야, 있지, 너무 힘들면…… 가도 괜찮아. 혹시 나 때문에 버티는 거면 그러지 않아도 돼. 나는 네가 너무 힘든데 혹시라도 나 때문에 견디는 걸까 봐 그게 걱정돼. 그런데, 뭉치야, 너만 괜찮으면 나는 너랑 이렇게라도 더 있고 싶어. 그래도 내 생각은 하지 말고 그냥 무엇이든 네가 편한 대로 해도 돼."

다음 날, 가족들이 모두 잠든 새벽에 뭉치는 조용히 자신의 별로 돌아갔다.

뭉치가 2년 동안 아팠지만 어떻게 보내줄지 미리 생각해보지는 않았다. 알아볼 엄두가 나지 않았다. 그런 생각을 하는 것 자체가 마치 아픈 뭉치가 빨리 가길 바라는 것만 같았다. 이별을 준비하지 못한 탓이었을까. 퍼뜩 떠오른 건 수목장이었지만 이미 자리가 다 차서 할 수 없었고, 당황한 채 허둥거리다 반려동물 장묘업체에서 마련해놓은 작은 풀밭에 하얀 가루가 된 뭉치를 뿌렸다. 후회는 5분도 되지 않아 찾아왔다. 그저 바람처럼 어서 자유로워졌으면 하는 마음에서였지만 막상 그렇게 보내자 마음이 미어졌다. 꼭 뭉치를 서둘러 버린 것만 같았다. 무거운 바위가 가슴을 짓누르는 것처럼 괴로운 마음을 내내 어쩌지 못하다가, 집으로 돌아와 아픈 반려동물 치료를 위한 정보를 나누는 인터넷 커뮤니티에 고백하듯 글을 올렸다. 곧 같은 경험을 가진 분들의 긴 댓글이 하나씩 올라왔다.

저랑 너무 같은 마음과 상황이었네요. (……) 저도 집으로 돌아오는 차 안에서 아차 싶은 거예요. 너무 서둘러 두고 온 느낌이 들어서. 그게 너무 후회돼서 두 달 넘게 죄책감으로 괴로웠어요. 지금 돌이켜보면, 그 상황에서 내 판단이 서툴긴 해도 잘 보내줬고 최선이었다고 생각하고 있어요. 그것이 나의 반려견을 위한 선택이었다는 거, 다른 뜻 없이 정말 우리 강아지를 위해 그랬다는 걸 다른 사람은 몰라도 우리 자신은 알잖아요. (……) 그러니 저처럼 너무 괴롭지 않으셨으면 해서 긴 글 써봅니다.

보호자님, 저는 화장하고 남은 골분을 아직 가지고 있지만, 그 어떤 선택을 해도 후회할 것을 분명 알고 있습니다. 저로서는 어쩌면 바로 판단하신 것이 맞을지도 모르겠다는 생각도 들어요. (……) 후회하지 마세요. 뭉치는 보호자님의 사랑을 알고 있으니까요.

언제나 그렇듯 슬픔을 위로하는 건 슬픔이다. 힘든 일을 먼저 겪은 분들이 자신의 이야기를 꺼내 나의 슬픔을 헤아려준 덕분에 나는 애처로운 뭉치를 생각하며 울다가도 눈물을 닦을 수 있었다.

뭉치를 잃은 건 나뿐만은 아니었다. 아이에게는 생애 첫 번째 이별. 우리는 마음을 추스르기 위해 한동안 비슷한 슬픔을 겪은 이들의 이야기를 찾아 읽었다. 시를 쓰는 밤, 기지개를 켜면 무릎 위로 냉큼 올라오던 반려견을 생각하며 시인이 쓴 시에 그림을 그린 책『코코』를 볼 때, 우리는 뭉치의 까맣고 곱슬곱슬한 보드라운 털을 생각했다. 들판에서 우연히 만난 어린 산양을 돌보고 사랑하다 헤어진 소년의 이야기『나의 작은 산양』을 읽을 땐, 비를 맞고 떨고 있던 3개월 된 어린 뭉치 이야기를 아이에게 다시 해주었다. 무지개다리를 건너 강아지별에 있을 작은 존재를 상상한 그림책 『강아지 천국』을 보던 날에는, 뭉치가 떠난 다음 날 밤 함께 나눈 이야기를 생각했다.

그 밤, 아이는 뭉치 얘기를 꺼낼 때마다 눈물을 후드득 떨구는 엄마에게 이런 말을 해주었다.

"엄마, 괜찮아. 뭉치는 할 일을 다했어."

"무슨 할 일?"

"우리를 행복하게 하는 일."

"아파서 더는 우리를 행복하게 해줄 수 없으니까, 그러니까 간 거야?"

"응. 그러니까 괜찮아. 강아지별에서 뭉치는 이제 신나게 놀 건데, 엄마가 계속 울면 뭉치가 화날걸?"

아이는 아기 때부터 뭉치와 함께 창밖을 보고 미끄럼틀을 타고 숲속을 산책했다. 아플 때는 발밑에서 자리를 지켜주고 엄마한테 혼났을 때는 곁을 내주던 뭉치는 아이의 첫 번째 친구였다. 그런 뭉치가 떠났지만 아이는 뭉치의 행복을 의심하지 않고 그 시간을 용하게도 잘 견뎌주었다.

그런데 정작 나는 그렇지 못했다. 뭉치가 떠나던 그 밤에 끝까지 같이 못 있어준 게, 한 번 더 안아주는 대신 글을 쓴다고 책상에 오래 앉아 있기만 한 게, 아무것도 못 먹는 게 안쓰럽다며 내 마음 편하려고 아픈 뭉치 입을 벌려 억지로 약이며 사료를 먹인 게, 미안하고 또 미안할수록 간절하게 알고 싶었다. 뭉치는 행복했을까?

뭉치의 마지막 가는 길도 내 선택으로 정해졌다. 돌아보니 나의 모든 선택이 곧 뭉치의 시간이었다. 뭉치에겐 내가 삶 그 자체였다. 그 사실이 다른 무엇보다 나를 힘들게 했다. 나 말고 다른 가족을 만났다면 더 행복하지 않았을까.

그런 내게 아이는 조금도 망설이지 않고 말해주었다.

"그럼. 우리가 사랑해줬으니까. 그리고 엄마, 우리는 다시 만날 거잖아."

"그래도 엄마는 걱정이 돼. 뭉치가 혼자 너무 오래 기다릴까 봐. 뭉치는 평생 우리만 기다렸는데 또 기다릴까 봐."

"엄마, 강아지별의 시간은 우리랑 다르게 흘러."

"응?"

"지구의 10년이 강아지별에서는 하루일 수도 있어. 그러니까 뭉치는 거기서 신나게 며칠 뛰어놀면 우리를 만나는 거지."

그랬으면 좋겠다. 언젠가 우리가 그곳에 가면, 어제 만났던 것처럼 보랏빛 까만 눈을 반짝이며, 언제 왔어? 너무 좋아, 하고는 귀를 펄럭이며 뛰다가 힘차게 꼬리를 흔들었으면 좋겠다. 그러느라 내가 가끔 울었던 건 몰랐으면 좋겠다.

또 하루가 지나간다. 내게는 평범했던 오늘이 누군가에게는 가장 슬픈 하루였을지 모른다. 사랑하는 존재와의 이별이 찾아올 때마다 사람들은 마음에 금이 간 채로 살아가겠지. 이제 내게 '사랑'은 '슬픔'을 내포한 단어가 되어버렸다. 이 세계에서 사랑의 끝은 언제나 이별이라는 것을 더는 부정할 수가 없다.

그것이 야속하고 서러운 삶의 진실이지만, 애가 타는 듯 안타까웠던 시간을 매번 어떻게든 지나가고 있다. 거기에는 늘 하나의 슬픔을 덜어주기 위해 기꺼이 자신의 슬픔을 내어주는 사람들이 있었다.

그러니 바라건대 나의 이 글도, 어딘가에서, 설명하지 않아도 알 수 있는 비슷한 마음을 간절히 찾고 있을 당신에게 무사히 도착하기를. 마음을 모아 빈다.

좋아하는 책을
아껴 읽는 마음으로

젖은 대기 안에서 세우가 분말처럼 뿌린다.

철학자 고故 김진영 선생의 유고집에 나오는 한 문장과
꼭 닮은 날이었다. 드물게 찾아오는 세우의 풍경을 자세히
보고 싶어 아파트를 나와 몇 블록 떨어진 동네를 걸었다.
어릴 적 살던 옛 동네가 떠오르는 아담한 언덕에 연립주택
이 모여 있다. 그 길을 천천히 걸으며 모르는 사람들의 일
상을 잠깐씩 바라보는 동안 김진영 선생을 내내 생각했다.
그가 아픈 몸으로 베란다에서 본 세상의 풍경은 이런 것이
었을까.

장화를 신은 아이가 작은 물웅덩이를 발견하고 첨벙거렸다. 그 옆에 서 있던 엄마는 가자고 재촉하는 대신 비 오는 날의 이벤트를 기다려주며 그 모습을 동영상에 담았다. 폐지가 쌓인 리어카를 끌고 언덕길을 오르는 할아버지의 얼굴에는 붉은 열기가 어렸다. 습한 기운은 노동을 더 고단하게 만든다. 주택가를 벗어나자 작은 공원이 나왔다. 중년의 남자가 공원 트랙을 달리고 있고, 그 뒤에 몸이 불편한 어르신이 딸로 보이는 이의 부축을 받으며 산책을 하고 있다. 분말같은 비라 우산을 쓰지 않아도 괜찮았다.

평소에는 스치듯 지나쳤을 누군가의 일상이 이날따라 마음에 사진처럼 남았다. 김진영 선생의 『아침의 피아노』를 읽은 여운이었는지도 모르겠다.

암 선고를 받고 환자의 삶을 살기 시작한 그는 1년 남짓한 시간 동안 병상과 일상에서 메모를 남겼다. 당황스러운 현실 앞에서 인생의 품위를 지키는 일과 그가 떠나면 남겨질 사랑하는 사람들에 대하여. 짧은 단상이 담긴 책이지만 어떤 이야기 앞에서는 페이지를 넘기기가 힘들었다. 삶과 죽음에 대해 많은 강의를 했던 그는 이르게 세상을 떠난 작가나 철학자를 생각하며, 60년 넘게 살아온 자신은 이만하면 생을 충분히 누린 게 아닌가 여긴다. 그러다가도…… 평범한 일상을 바라볼 때면 간절한 마음을 숨기지 못했다.

"한 번만 더 기회가 주어지면 얼마나 좋을까."

애틋한 바람 앞에서 나는 또 시간을 거슬러 기어이 기억을 불러온다.

"홍삼이라도 먹을까?"

암이 재발했다는 소식을 의료진에게 전해 들은 지 얼마 안 된 어느 늦은 밤, 잠을 이루지 못하던 엄마가 넌지시 말을 꺼냈다. 더는 어떤 치료도 기대할 수 없는 상황이었다. 의사는 남은 시간을 한 달쯤 예상했다. 희망은 아득한 어둠 속으로 던져졌다. 아무 대답을 하지 못한 무력한 딸은 이어지는 엄마의 말도 끝내 독백으로 만들어버렸다.

"내 몸을 위해서 아무것도 하는 게 없는 것 같아서."

그때의 나는 몰랐다. 사람은 누구나 근거 없는 희망을 붙잡고 살아간다는 걸. 우리를 버티게 한 건 우리를 수없이 배신한 그 희망이었다는 걸. 암이 재발했다는 이야기를 듣고 하얗게 질린 딸의 얼굴을 엄마는 보았고 현실을 모르지 않았다. 그래도 엄마는 내일을 원했다. 희미한 희망이라도 붙잡아보려던 엄마의 핼쑥한 얼굴을 떠올릴 때마다 마음이 쓰리다. 그때 나는 왜 침묵했을까. 엄마에게 어떤 말을 해야 했을까.

　사랑하는 존재와 이별하고 답을 알 수 없는 질문을 붙잡는 건 다른 이들도 비슷한 것 같다.

　작가 수전 손택의 아들 데이비드 리프는 『어머니의 죽음』이라는 책을 쓰며 이별의 순간을 돌아본다. 그의 어머니는 일흔한 살에 백혈병이 발병했다. 처음이 아닌 세 번째 암이었고 의사도 희망이 없다고 단언했지만 이 사실을 받아들이지 않는다. 당대 최고의 지성으로 존경받는 작가에게도 죽음은 '견딜 수 없는 문제'였다. 어머니는 투병 내내 '죽음'이란 단어도 입에 올리지 않았고 마지막 순간까지 살아날 방법이 있을 거라고 믿었다. 아들은 어머니를 위해 "아직은 희망이 있는 척"을 했다. 어머니를 보내고 그는 생각한다. '내가 어머니를 대한 태도는 옳은 것이었는가.'

　남겨진 사람들은 살다가 언젠가 그 질문에 대한 답을 찾을 수 있을까. 인생의 하류에 도착하면 드는 복잡다단한 마음을 나는 여전히 알지 못한다. 그저 이별의 순간을 돌아볼 때 인간은 언제 어느 순간 어느 상황에서도 할 수 있다면 삶을 붙잡고 싶은 존재라는 것만 막연히 짐작할 뿐이다.

매일 찾아오는 오늘을 당연하게 생각하며 살아가다, 어떤 날 불현듯 세상을 떠난 이들이 한 번 더 원했던 내일이 나의 오늘이라는 사실이 마음 깊숙이 다가올 때가 있다. 인생의 페이지가 한 장씩 줄고 있다는 사실을 문득 떠올릴 때면, 아끼는 책이 끝나는 게 아쉬워 천천히 읽던 어느 순간처럼 일상을 되도록 섬세하고 소중하게 들여다보고 싶어진다. 그래야 언젠가 내가 사랑한 당신들이 끝까지 사랑했던 것이 무엇인지 알 수 있을 테니.

그것이 먼저 떠난 이들에 대한 예의이자 남겨진 자의 책무가 아닐까 생각하며 산책을 마치고 집으로 돌아왔다.

인생의 페이지가

한 장씩 줄고 있다는 사실을 문득 떠올릴 때면,

일상을 되도록 섬세하고 소중하게 들여다보고 싶어진다.

그래야 언젠가 내가 사랑한 당신들이

끝까지 사랑했던 것이 무엇인지 알 수 있을 테니.

지금은 우리가
멀리 있을지라도

엄마, 안녕.

오랜만에 편지를 쓰네. 혹시 내 편지 기다렸어?

나는 그동안 그럭저럭 잘 지냈어. 진짜야.

그게 다 엄마 덕분이야.

엄마가 나를 사랑해준 그대로

나도 나를 사랑해주려고 노력하며 살고 있거든.

예를 들면 몸이 아프거나 피곤할 때는

단골집에서 전복미역국이나 전복죽을 시켜.

여기가 진짜 맛집인데, 주문할 때 꼭 전복 한 마리를 추가해.

두 마리를 추가할 때도 있어.

많이 아팠던 어느 날에 엄마가 해줬던 것들을

내가 나에게 해주는 마음이랄까.

삶의 순간순간, 엄마라면 이렇게 해줬겠지,

생각해보곤 해.

내가 나의 딸이라고 생각하면

나를 어떻게 돌보고 사랑해야 할지 보이거든.

그래도 엄마…… 아이를 키우고 글을 쓰고 나이를 먹고 보니

삶의 굽이굽이마다 우리가 나누었을 이야기들이

때때로 아쉽기는 해.

그럴 때면 오래전 어떤 날처럼

술 한 잔을 놓고 엄마와 이야기를 나누는 상상을 해.

얼마 전에는 책을 읽다가 이런 상상을 해봤어.

"엄마, 이 책 한번 읽어 볼래?"

"뭐야, 제목이 왜 이래. '엄마를 절에 버리러'?

 이놈의 딸들이 이런 생각을 하는 거야?"

"크크, 제목만 도발적이야.

 딸이 생각하는 엄마의 삶에 관한 이야기랄까?"

"그래? 우리 딸이 보라니 읽어봐야겠구만."

"근데 이 작가, 나보다 어린데 정말 잘 써.

 있지, 엄마, 세상에는 멋진 작가가 너무 많아."

"(등짝 스매싱을 날리며) 너도 잘 써! 한 잔 더 따라줘?"

어때? 그리움도 제법 작가답게 잘 달래며 지내고 있지?

엄마, 살아보니까, 사랑은…… 사라지지 않더라. 유통기한이 없어.

남겨진 사람의 기억 속에서 사랑은 끊임없이 다시 태어나거든.

어쩌면 그래서 사람들은 사랑하는 존재를 떠나보내고도

남은 생을 견디는 게 아닐까.

그러니 혹시라도 내 걱정은 하지 말아요.

나는 이렇게 책 한 권을 쓸 정도로 꺼내볼 기억이 많으니까.

그래서 이제 나는 믿어.

우리가 아무리 멀리 떨어져 있을지라도

내가 기억하는 한 우리는 하나의 세계에 같이 있다는 걸.

엄마, 언젠가 우리가 다시 만나게 된다면

엄마는 나한테 어떤 말을 제일 먼저 해주고 싶어?

많이 보고 싶었다고 하려나.

엄마 이야기를 책으로 써줘서 고맙다고 하려나.

고생했다고 애썼다고 말해주려나.

가끔 그때를 그려보곤 하는데,

오늘 밤엔 이런 말이면 어떨까 생각해봐.

"엄마는 늘 너랑 함께 있었어."

책

공지영, 『딸에게 주는 레시피』, 한겨레출판, 2015

김상욱, 『떨림과 울림』, 동아시아, 2018

김애란, 「칼자국」, 『침이 고인다』, 문학과지성사, 2007

김진영, 『아침의 피아노』, 한겨레출판, 2018

나태주, 「풀꽃 1」, 『꽃을 보듯 너를 본다』, 지혜, 2015

대프니 로즈 킹마, 『인생이 우리를 위해 준비해 놓은 것들』, 비즈니스북스, 2010

데이비드 리프, 『어머니의 죽음』, 이후, 2008

로맹 가리, 『새벽의 약속』, 문학과지성사, 2007

루시 모드 몽고메리, 『빨간 머리 앤』, 시공주니어, 2015

룽잉타이·안드레아, 『사랑하는 안드레아』, 양철북, 2015

박준, 「마음 한철」, 『당신의 이름을 지어다가 며칠은 먹었다』, 문학동네, 2012

백석, 「흰 바람벽이 있어」, 1941

백수린, 『친애하고, 친애하는』, 현대문학, 2019

사노 요코, 『사는 게 뭐라고』, 마음산책, 2015

요시타케 신스케, 『이게 정말 천국일까?』, 주니어김영사, 2016

위기철, 『아홉 살 인생』, 청년사, 2010

이충걸, 『엄마는 어쩌면 그렇게』, 예담, 2013

존 버거·이브 버거, 『아내의 빈 방』, 열화당, 2017

줄리엣 헤슬우드, 『어머니를 그리다』, 아트북스, 2010

최은영, 「미카엘라」, 『쇼코의 미소』, 문학동네, 2016

커트 보니것, 『그래, 이 맛에 사는 거지』, 문학동네, 2017

키만소리, 『엄마야, 배낭 단디 메라』, 첫눈, 2017

패트릭 네스, 『몬스터 콜스』, 웅진주니어, 2012

푸시킨, 「삶이 그대를 속일지라도」

영화

〈계춘할망〉, 2016

〈레이디 버드〉, 2018

〈리틀 포레스트〉, 2018

〈파리로 가는 길〉, 2017

〈프라이드 그린 토마토〉, 1992

방송

〈마더〉, tvN, 2018

〈세상에서 가장 아름다운 이별〉, tvN, 2017

〈엄마, 단둘이 여행 갈래?〉, JTBC, 2024

엄마에게 안부를 묻는 밤

© 박애희, 2024

초판 1쇄 발행 2024년 9월 19일

지은이 박애희
책임편집 조혜영
콘텐츠 그룹 배상현, 김다미, 김아영, 박화인
디자인 디자인 소요

펴낸이 전승환
펴낸곳 책읽어주는남자
신고번호 제2024-000099호
이메일 bookfarmers@thebookman.co.kr

ISBN 979-11-93937-24-2 03810